I

»Na, wer ist das?« Der Biochemiker Jeroen de Groot spielte Fernsehquiz mit seinen Kollegen.

Fünf Männer und ein Mädchen starrten auf den Bildschirm. Dort jagten Hände über die Tasten, überkreuzten sich – ein Spiel voller Kraft und Leichtigkeit –, hämmerten in rasender Folge sich steigernde Akkorde, versanken in einem unendlich langen, unwirklichen Tremolo.

Der Pianist hatte seine Augen geschlossen: konzentrierte Abwesenheit, aufgelöst in dieser harmonischen Disharmonie. »Wer ist das? Jeder von euch kennt das Gesicht dieses Mannes!«

Rätselraten, Schulterzucken, Unschlüssigkeit.

»Woher?« Louis Palm, der Leiter des *Blauen Palais*, frei gewählt von allen Mitarbeitern, um die Geschäfte des Instituts zu führen, hatte den Kaffeebecher abgesetzt und war aus seinem Labormantel geschlüpft.

»Woher sollen wir ihn kennen?«

»Aus der Zeitung, aus Illustrierten, ein dutzendmal gesehen, jeder von euch!« Yvonne wußte Bescheid, als einzige. Aber de Groot hatte sie vereidigt, nichts auszuplaudern.

»Natürlich muß Yvonne es wissen«, lachte Palm. »Sie ist die einzige unter uns, die Zeit hat, Illustrierte zu lesen.« Aber das war nicht der wahre Grund: Sie hatte für Jeroen den Brief getippt, an das französische Fernsehen. Jeroen hatte darum gebeten, ihm eine Magnetband-Aufzeichnung zu überlassen: jenes Klavierkonzert vom 3. November im großen Saal von Versailles – zu wissenschaftlichen Zwecken.

Sie mußte also wissen, wer da spielte. Aber sie war nicht bereit, ihr Geheimnis zu verraten. Denn was sie noch mehr faszinierte als das phantastische Spiel dieses seltsamen Mannes, das war die Tatsache, daß sie zum erstenmal diesen ›gelehrten jungen Männern‹ überlegen war.

Als die anfingen, sich zu langweilen, zu flüstern und zu lachen, zischte Yvonne energisch in die Runde: »Pssst!«

Sofort waren die ›gelehrten jungen Männer‹ still, starrten weiter auf den Fernsehschirm, lauschten diesem genialen Pianisten, den sie nicht kannten, und fragten sich, was diese ganze Darbietung eigentlich sollte.

Vom Park her drang das gedämpfte Licht eines trüben Wintertages durch die hohen Fenster in die Halle. Brüchiger Stuck an der Decke, ein verblichener, rissiger Gobelin an der Wand und die blinden Spiegel zwischen den weißlackierten Türen zum Treppenhaus – das war alles, was von der alten Pracht des *Palais* übriggeblieben war.

Hier hatte einst ein deutscher Kurfürst im Kreise seiner Erlauchtigsten Familie den Darbietungen berühmter Künstler gelauscht. Die waren von Gott weiß woher in diese Abgeschiedenheit geladen worden, waren tagelang über beschwerliche und gefährliche Straßen in diese abgelegene Sommerresidenz gereist. Heutzutage bleiben Künstler, wo sie sind – die Kunst kommt vom Band.

Statt der Hofschranzen versammelten sich die Mitglieder des *Blauen Palais* mittags und abends zum Erfahrungsaustausch bei ihren spartanischen Mahlzeiten: Fertigmenüs aus der Tiefkühltruhe, aufgeheizt im HF-Herd, der draußen auf dem Flur zwischen Kisten mit Wissenschafts-Schrott und den Feuerlöschern stand und der in Sekundenschnelle mit seiner hochfrequenten Strahlung gefrorenes Gulasch mit Spätzle zumindest genießbar machte.

In Jeans, Pullovern und weißen, fleckigen Labormänteln, in der Hand die Bierflasche oder den Plastikbecher mit Automatenkaffee, diskutierten sie über die Welt von morgen.

Nur heute hörten sie – vorläufig noch – schweigend zu, bis sich Unruhe breit machte: »Wie lange geht das noch? Ich muß wieder in meinen Keller.« Enrico Polazzo, der Chemiker, liebte weder Geduldsspiele noch Quiz.

Jeroen schätzte den Spulenumfang im Video-Recorder: »Noch

zwei Minuten, höchstens drei.«

Carolus Büdel, Kybernetiker aus der Schweiz, setzte sich mit einem resignierenden Seufzer auf einen der Kollegstühle, die wie verloren in dem großen, kahlen Raum herumstanden. Neben der Tafel, einem großen Resopaltisch und dem Vortragspult, bildeten sie das einzige Mobiliar.

Büdel klappte die Schreibplatte herunter und stützte die Arme auf.

»Ich bin nicht so wahnsinnig interessiert an dieser Art ultramoderner Musik. Ich bin der falsche Zuhörer und bestimmt der Verlierer bei diesem Quiz!«

»Pssst! . . .«

Yvonne meldete sich wieder zu Wort:

»Man kann doch mal still sein und zuhören, auch wenn man nichts davon versteht, oder?!«

Büdel lachte: »Gerade dann, Yvonne, gerade dann! So mach' ich das immer, wenn die Biochemie mit einer Vorführung am Zuge ist.«

Jeroen winkte ab: »Die Auflösung kommt gleich. Aber ihr denkt alle in der verkehrten Richtung. Der Pianist ist kein Pianist!«

»Was ist er dann?«

Polazzo hatte sich zu Yvonne geschlichen und den Arm um sie gelegt. Als er anfing, ihr ins Ohr zu flüstern, legte de Groot Einspruch ein: »Yvonne – du bist ruhig!«

Sie hob drei Finger wie zum Schwur.

Getreu nach ihrer neuen Devise ›pink is beautiful‹ trug sie zu einer rosa Samthose und einem rosa Mohairpullover eine rosa Schleife im Haar. Und der einzige, der wissen konnte, ob sie dazu konsequenterweise auch pinkfarbene Unterwäsche trug, war Enrico Polazzo, der dicht hinter ihr stand. Der Schwur war also schwer zu halten.

Aber da ließ Polazzo bereits den Arm sinken, holte tief Luft, deutete auf den Monitor – weiß Gott, aus welchem Teil seines Gehirns er schließlich die Information, den Namen des Mannes, der da wie ein Übermensch spielte, ans Tageslicht geholt hatte:

»Van Reijn . . . Felix van Reijn.«

Jeroen hob die Hand, als wollte er Polazzo beglückwünschen, applaudierte kurz:

»Felix van Reijn ist richtig!«

Büdel lehnte sich zurück. »Der Kandidat hat zehn Punkte! Und wie geht's jetzt weiter?!«

»Ruhe – das Finale!«

Jeroen drehte die Lautstärke hoch. Der Pianist geriet in Ekstase. Die irren Läufe, die harten Akkorde dazwischen, das flutete durch den leeren, riesigen Raum, erfüllte ihn, brach sich an den Säulen, produzierte Echo und Nachhall, der langsam verklang, sich in den alten Mauern verlor, als das Konzert schon längst zu Ende war.

Nach Sekunden der Stille brach – auf dem Fernsehschirm – der Beifall aus. Die Kamera schwenkte weg von diesem Gesicht, das immer noch vor Anspannung vibrierte.

Das Publikum kam ins Bild. Elegant, reich. Schmuckbehängte Frauen über fünfzig waren deutlich in der Mehrheit. Frenetischer Applaus. Kronleuchter flammten auf.

Der Pianist erhob sich, erschöpft, glücklich. Er lächelte. Verbeugte sich. Er hob die rechte Hand zu einer kleinen, bescheidenen Geste. Er wirkte erlöst, entspannt . . .

Jetzt war er wieder er selbst geworden: ein gutaussehender Mann in mittleren Jahren – genauer gesagt: ein schöner Mann mit einem geradezu unverschämt gut geschnittenen Gesicht. Sein charmantes, triumphierendes Lächeln hatte etwas Bezwingendes. Die Faszination, die er auf sein Publikum ausstrahlte, kannte, wie man hören konnte, keine Grenzen: Der Applaus wollte nicht enden.

Jeroen stoppte das Band.

Das blaue Licht des Monitors, das bisher die Szene in der Halle beleuchtet hatte, erlosch.

Die plötzliche Stille war erschreckend.

Yvonne und die fünf Männer starrten immer noch reglos auf das tote Auge des Fernsehschirms, als hinter ihnen jemand lautstark in die Hände klatschte.

»Bravo!« Das rollende ›r‹ und das melodische ›o‹ gingen ohne Schwierigkeiten in Gelächter über.

Sibilla Jacopescu war Biologin, stammte aus Rumänien und war eine sehr aparte junge Frau.

Ihr kunstvoll-wirres Haar schimmerte rötlichblond im Schein der kalten Leuchtstoffröhren. Die Farbe war bestimmt nicht echt, aber raffiniert ausgewählt.

Wie sie das schaffte, fernab von jedem Friseur in dieser Waldeinsamkeit, das war ein Geheimnis für sich, hinter das nicht einmal Jeroen gekommen war, der mit ihr Labor und Lager teilte.

Sie schenkte jedem ein persönliches Lächeln, setzte sich hinter den Klapptisch des Kollegstuhls, riß die heiße Alu-Folie von ihrem Fertigmenü und putzte sich – gegen jede Regel der Hygiene – die Finger an ihrem Labormantel ab.

»Du bist schon lange hier?«

Büdel grinste sie an.

»Ich habe eine Menge mitbekommen – und keine Ahnung, worum es geht!«

»Der Pianist, der keiner ist, wie Jeroen behauptet, war ein gewisser van Reijn.«

»Das sagt mir gar nichts.« Mit ihrer stumpfen Plastikgabel versuchte Sibilla die chemisch-grünen Erbsen aufzuspießen.

»Van Reijn ist ein genialer Zeitgenosse, gehätschelter Liebling von Jet-Set und Bürgertum.« Jeroen war endlich zur Erklärung bereit. »In Rom hat er letzte Woche Gedichte vorgetragen, eigene Gedichte, auf italienisch natürlich. Der Saal war ausverkauft. Oder vielmehr: Was heißt ›Saal‹ – die Halle. Da finden sonst Boxkämpfe statt!

Und jetzt wird sein Name diskutiert im Zusammenhang mit dem Nobelpreis für Literatur.«

»Was nicht gerade für den Nobelpreis spricht.« Der Einwand kam von Palm.

»Die Liste seiner Patente ist seitenlang. Er hat Auszeichnungen erhalten für modernes Industriedesign und für funktionelle Mode. Er spricht mindestens ein Dutzend Sprachen, akzentfrei, und das hier war sein erster Versuch als Pianist.«

»Respekt! Dafür war das schon ungeheuer genial!«

Büdels Kompliment war ehrlich gemeint.

Da meldete sich ein Kollege zu Wort, der bisher schweigend die Szene beobachtet hatte: Von Klöpfer war Physiker und ohne Zweifel das dienstälteste Mitglied im Team des *Blauen Palais*:

»Darf ich fragen, in welcher Richtung diese Erfindungen ... diese Patente ... wissen Sie darüber Bescheid?«

»Nein, leider nichts Genaues, ich bin kein Physiker. Hier stehen nur zwei Stichworte: abstimmbarer Gas-Laser, also Laser-Strahlen, die ...«

»Danke!« Klöpfer unterbrach und winkte ab. »Weiß schon, ja. Das ist der Bursche, der am MIT die Arbeit von Corbett weitergeführt hat, der leider zu früh verstorben ist. Ein Gerät, das Laserstrahlen in verschiedenen Wellenlängen, also Farben, erzeugt. Und die zweite Sache?«

»Salze zur Speicherung thermischer Energie.«

»Sehr schön! Der springende Punkt zur Auswertung der Solar-Energie – der Sonnenheizung. Was ist der Mann eigentlich nun? Chemiker oder Physiker oder Dichter?«

»Pianist!«

Büdel stand auf. »Braucht ihr mich noch?«

»Aber natürlich.« Jeroen spulte das Band zurück.

»Ich veranstalte doch kein Mittagskonzert ohne Hintergedanken. Das Ganze erinnert mich nämlich fatal an Versuche, die Sibilla und ich ... Unsere Versuche mit Ratten.«

»Was haben meine Ratten mit deinem Pianisten-Dichter zu tun?« Sibilla rollte ihr rumänisches ›r‹ auch mit vollem Mund.

»Scheinbar nichts – und dennoch ... Es ist eine ganz irre Idee ... Ich hab' hier ein zweites Band: Der Komponist Ole Svendborg spielt eigene Kompositionen im Nachtstudio des schwedischen Fernsehens.«

Jeroen fuhr eine weitere Kassette auf einem anderen Recorder ab. Der zweite Monitor begann zu flimmern.

»Noch ein Gedicht ...!«

Büdel setzte sich wieder.

»Nein – noch ein Klavierkonzert! Oder vielleicht sogar das

gleiche!«

Wieder rasten Finger über Tasten, überkreuzten sich die Hände, fanden sich zu einem schwebenden Tremolo.

Jeroen startete nochmals das erste Band.

Wieder spielte van Reijn, Läufe, Tremolo.

Auf zwei Video-Schirmen bemühten sich zwei Pianisten mit genialer Fingerfertigkeit offensichtlich um das gleiche Stück – es gab kaum einen Zweifel.

»Also – wer spielt sein eigenes Werk? Der Schwede?«

Büdel wollte es genau wissen und rückte näher an den Tisch mit den Monitoren.

»Beide!«

»Unmöglich! Der Schwede macht weniger Schau, aber es ist das gleiche Stück.«

»Beide spielen eine eigene Komposition!«

»Dann hat einer vom anderen geklaut, ganz klar! Soviel versteh' ich gerade noch von Musik. Das hört doch jeder: Die Stücke sind identisch, sind die gleichen ...« Büdel sah sich um, wartete auf Zustimmung.

Aber seine Kollegen blickten nur fasziniert auf die beiden Schirme, auf van Reijn und auf den Schweden, hörten auf den Gleichklang der Disharmonien, registrierten die Ähnlichkeit der Technik, ja sogar der Mimik. Es war verblüffend, wie sich der Ausdruck der beiden Pianisten glich.

»Also – welches Konzert hat früher stattgefunden?«

»Das des Schweden.«

»Damit ist der Fall erledigt. Van Reijn spielt es nach!«

»Das ist nicht möglich. Ole Svendborg hat keine Noten hinterlassen. Und seit zwei Jahren ist er tot.

Das hier war sein erstes öffentliches Konzert – und sein einziges – sein letztes!

Einen Abend lang wurde er gefeiert. Eine große Entdeckung, hieß es.« Jeroen schaltete das Videoband auf Schnellauf. Grelle Muster huschten über den Monitor.

Bei einer Markierung hielt er das Band an – suchte – schaltete auf Wiedergabe.

Das Konzert war vorüber. Eine Reporterin interviewte den Pianisten. Der gab Auskunft, auf schwedisch. Jeroen übersetzte und kommentierte: »Nein – es gibt keine Aufzeichnungen – keine Noten. Natürlich nicht – ich improvisiere – ich spiele nach Gefühl – das ist alles – ich spiele, was mir einfällt, was mir gerade in den Sinn kommt . . .«

Schneller Rücklauf. Wieder huschten die Muster und Linien über den Schirm – dann erneut das Konzert von Ole Svendborg, kurz vor dem Schluß.

Jeroen blickte in die Runde: »Drei Tage später war er tot!«

Büdel, der Kybernetiker, wischte alle Mystifikationen vom Tisch. »Reijn hat sich das Band hier besorgt so wie du und hat danach geübt.«

»Möglich. Obwohl mir das Schwedische Fernsehen versichert hat – hier ist die schriftliche Bestätigung des Archivs –, daß dieses Band nie herausgegeben wurde, kein einziges Mal während der letzten zwei Jahre. Es hat sich niemand mehr dafür interessiert.«

»Heimlich aufgezeichnet, während der Sendung, zu Hause . . .!«

Büdel ließ nicht locker.

Aber Jeroen wühlte bereits in einem Stapel alter Zeitungen.

»So etwas ist möglich, sicher! Aber auch Felix van Reijn spielt ohne Noten. Auch er sagt, er spiele, was ihm so einfiele, was ihm gerade in den Sinn käme. Wörtlich nachzulesen hier im *France-soir.* Und auch bei van Reijn war es das erste Konzert.«

Palm schaute auf seine Uhr, stand auf, griff nach seinem weißen Mantel.

»Ja, ich muß leider . . . Hab noch einiges zu tun. Yvonne, kommen Sie mit?«

Yvonne sträubte sich noch: »Jetzt, wo es spannend wird!«

Aber der allgemeine Aufbruch war nun eingeleitet. Stühle wurden gerückt, leere Essensbehälter und Becher flogen in den Container.

»Halt! Halt! Noch einen Augenblick!« Jeroen hatte die Bänder abgeschaltet und versuchte, die anderen zurückzuhalten: »Ich habe den Fall zur Diskussion gestellt, weil ich darin gewisse Parallelen sehe. Ich sagte schon: Sibilla und ich – und unsere Versuchsreihe mit Ratten – mit begabten Ratten, wohlgemerkt . . .!«

»Laß meine Ratten aus dem Spiel, Jeroen!«

Sibilla legte das Besteck auf die Schreibtischplatte und wischte sich mit dem Handrücken über den Mund.

Doch Jeroen schwenkte bereits eine Zeitung. In roten Riesenlettern verkündete die Schlagzeile:

Mord!

»Die Zeitungen hat mein Bruder gesammelt«, fuhr Jeroen fort. »Er ist Musiker, lebt in Stockholm. Drei Tage nach dem Konzert fand man den jungen Pianisten Ole Svendborg tot in seinem kleinen Holzhaus auf einer einsamen Insel in den Schären. Seine Schädeldecke war fachgerecht geöffnet – wie von einem Chirurgen. Das Gehirn war entfernt – war spurlos verschwunden. Ein Toter ohne Gehirn!«

Sibillas Besteck war zu Boden gefallen. Sie bückte sich danach. Dabei kippte auch das Plastiktablett mit dem Essen.

Jeroen beachtete das nicht weiter:

»Ja, das hat dieser Fall mit uns und unseren Ratten gemeinsam. Eine absurde Idee, vielleicht. Vielleicht . . .!«

Er schaltete wieder am Recorder: Auf dem Monitor, im fahlblauen Licht des Fernsehbildes, erschien wieder das Gesicht des Pianisten Ole Svendborg.

Er wirkte entrückt, ekstatisch . . .

»Die Stelle kommt gleich.«

Palm hatte seinen weißen Mantel angezogen.

»Können Sie nicht deutlicher werden, Jeroen? Was für eine Idee ist absurd?«

»Wir töten Ratten, die begabt sind, die wir mit Erfolg dressiert haben, die etwas gelernt haben, und entnehmen ihnen das Gehirn – um ihre Begabung und alles, was ihr Gedächtnis gespeichert hat, auf undressierte, also ›unbegabte‹ Ratten zu übertragen!«

Palm lachte, aber es klang nervös und verkrampft.

»Es ist wirklich absurd – ich meine, da irgendwelche Parallelen sehen zu wollen!«

Schluß des Konzerts, atemlose Stille. Das Ende kam ganz unvermittelt und plötzlich – wie bei van Reijn.

»Hier, kommen Sie näher, kommen Sie her! Sehen Sie . . .!«

Jeroen hatte das Band der Aufzeichnung gestoppt. Das Bild mit Svendborg, der sich im Vordergrund verneigte, war wie eingefroren. Die Zuhörer, die Hände zum Applaus erhoben, waren erstarrt.

Jeroen deutete in eine dunkle Ecke des Standbildes, zeigte auf eine bestimmte Person im Publikum.

Sehr viel war nicht zu erkennen. Das Raster des Monitors mit seinen Zeilen und Punkten war zu grob, und die Person, um die es ging, war zum Teil verdeckt.

»Sieht man ihn – ist er zu erkennen?«

Jeroen spielte mit Leidenschaft die Rolle eines Sherlock Holmes.

»Wer soll zu erkennen sein?«

Büdel trat nah an das flimmernde Bild.

Auch Palm kam heran, dann Klöpfer, schließlich Polazzo mit Yvonne.

Nur Sibilla blieb, wo sie war.

Sie wirkte, wie die anderen, mehr skeptisch als interessiert.

Jeroen hatte ein paar großformatige Bilder aus einer Mappe genommen. Fotos mit dem Zeilenraster des Videobildes.

»Hier. Abfotografiert vom Monitor, und dann diesen Ausschnitt hier vergrößert.«

Er kreiste mit einem Bleistift die fragliche Stelle ein. Jetzt war auch Sibilla nach vorn gekommen, hatte sich das erste Bild gegriffen, dann das zweite, das den Ausschnitt noch detaillierter zeigte, dann das dritte.

»Wer ist das?«

Aber eigentlich war kein Zweifel mehr möglich, Jeroen präsentierte die letzte, die deutlichste Version: das markante Gesicht, die graue Mähne, der starr auf den Schweden gerichtete Blick waren unverkennbar.

»Damals noch völlig unbekannt: Felix van Reijn!«

2

Es war schon tief in der Nacht, als Louis Palm vom *Palais* herüberkam, durch den ehemaligen Schweinestall ging, der heute Versuchen mit Laserstrahlen diente, und hinaufstieg zur Biochemie.

Der Plastikvorhang der Schleuse wehte ihm entgegen. Hier konnte der leichte Überdruck an keimfreier Luft entweichen, den die Klimaanlage ständig in die Räume pumpte.

Sibilla und Jeroen, verkleidet wie Chirurgen während einer Operation, mit Mundschutz, Handschuhen und Kappe, standen im Nebenzimmer mit den Rattenställen.

Sibilla zog gerade eine Einwegspritze mit Flüssigkeit aus einem sterilen Glaskolben auf, Jeroen suchte Tiere aus, markierte sie an Schwanz und Nacken mit farbigen Filzschreibern und hielt sie Sibillas Spritze entgegen.

»Störe ich?«

Erst jetzt bemerkten die beiden Palm, der im Flur stand.

»Nein, solange Sie bleiben, wo Sie sind!« Jeroen achtete streng auf die Regeln. »Fremdstoffe, die Sie einschleppen, können die Versuchsergebnisse völlig verzerren.«

»Ich könnte mir Handschuhe anziehen, einen Mundschutz vorbinden.«

»Nicht nötig – bleiben Sie einfach draußen stehen.«

Die Ratte in seiner Hand quiekte kurz auf. Die Angst vor Spritzen ist weit verbreitet.

Palm sah interessiert zu: »Immer noch die gleiche Versuchsreihe?«

Jeroen nickte.

»Wir verpassen unseren undressierten Ratten gerade wieder Intelligenz und Erfahrung – mit der Spritze.« Und Sibilla ergänzte: »Der gereinigte Ribonukleinsäure-Extrakt aus den Gehirnen von dressierten Ratten. Wir haben bereits in 84 % positive Reaktion. Auf der 0,01-Stufe ist die Serie bereits signifikant.«

»Aha!« Palm schien befriedigt. Er war allerdings Mathematiker, nicht Biochemiker. Aber Sibillas Auskunft klang sehr zuversichtlich.

»Gut! Ich werde Manzini Bescheid sagen und den Ausschuß des Kuratoriums herzitieren. Die sollen sich das ansehen.«

Jeroen zögerte, die Ratte in ihren Käfig zurückzusetzen, und blickte kurz zu Palm, dann zu Sibilla. Aber Sibilla hatte die Tragweite des kurzen Satzes gar nicht so recht mitbekommen, wie es schien.

Das Kuratorium herzitieren – das hieß doch, daß ihre Arbeit hier, ihr Erfolg geeignet schien, bei den Geldgebern des *Palais* weitere Mittel locker zu machen. Geld also, auf das sie alle, ohne Ausnahme, dringend angewiesen waren. Denn: »Forschung kostet nun einmal Geld – *keine* das Doppelte«, wie Dr. Huu, ihr Finanzexperte, immer zu sagen pflegte.

War ihre Versuchsreihe wirklich schon so erfolgreich, daß man die Ergebnisse vorzeigen konnte?

Aber Palm ging nicht weiter darauf ein.

»Wie viele Spender haben Sie heute?«

»Sechs Stück. Das heißt sechs dressierte, intelligente Ratten dort drüben und sechs undressierte zur Kontrolle. Die liegen bereits hier unten.«

Da lagen sie nun, die üblichen Albinos, weiße Labortiere mit roten Augen und rosa Schnauzen, aufgereiht wie die Strecke nach dem letzten Halali.

Sie waren bereits zur Feuerbestattung freigegeben und säuberlich in Plastik eingeschweißt.

Palm betrachtete die Ratten mit ihrer geöffneten Schädeldecke. Ihm ging durch den Kopf, was Jeroen de Groot gestern mittag so beiläufig und mit viel Aufwand an abstrusen Ideen entwickelt hatte.

»Das waren also Ihre Genies . . .?!«

»Ja, das waren unsere Begabtesten.«

Jeroen kam aus dem Nebenraum, um nachzusehen, ob Palm seine Nase nicht zu dicht in gefährliche Dinge steckte.

Aber Palm hielt Abstand.

»Wir haben die Tiere wochenlang dressiert: Futterempfang

trotz Elektroschock. Normalerweise rennen sie quiekend davon. Aber diese sechs hier hatten wir umkonditioniert. Ihr Freßtrieb war stärker. Sobald wir den Strom einschalteten, kamen sie angerannt. Sie wußten, jetzt kommt das Fressen. Nicht sehr human, aber schließlich . . .«

Palm stand wieder unter der Tür und blätterte im Versuchsprotokoll.

»Und schließlich haben sie ihre Intelligenz mit dem Leben gebüßt. Ziemlich grausam. Sie injizieren bereits?«

Sibilla nickte. »Ja, den Extrakt aus den Gehirnen. Direkt in die Bauchhöhle. Dort wird die RNS, ein Baustein aus dem Zellkern, in dem wir Information und Gedächtnis vermuten, am schnellsten von der Körperflüssigkeit aufgenommen und zum Gehirn transportiert.

In 24 Stunden testen wir zum erstenmal, was diese untrainierten Tiere hier an Intelligenz und Erfahrung von ihren toten Artgenossen mitbekommen haben.«

Sie hielt die Spritze hoch, preßte eine Luftblase durch die Kanüle, und die Ratte in Jeroens Hand hatte wieder Grund zu quieken.

»Der berühmte ›Nürnberger Trichter‹.« Palm schmunzelte und fuhr mit einem hintergründigen Lächeln fort: »Ich gebe ja zu: Diese Theorie, diese Methode – das hat etwas Faszinierendes. Wissen, Erfahrung, Begabung – mit einer Spritze, ohne Mühe und Arbeit. Ein Lernprozeß ist doch meist sehr lästig. Und langwierig. Und oft gar nicht so sehr erfolgreich, wenn ich ehrlich bin.

Ich verstehe, daß Sie beide hier . . . daß Sie Spekulationen anstellen. Ein Traum des Dr. Faustus geht hier offensichtlich in Erfüllung, zumindest statistisch, zumindest bei Ratten . . .«

Er wandte sich ab.

Sibilla legte das Injektionsbesteck in die Schale, deckte es ab, verschloß sorgfältig den Glaskolben mit der milchigen Flüssigkeit durch einen sterilen Wattepfropfen und stellte ihn in den Kühlschrank im Labor.

Jeroen setzte die letzte der behandelten Ratten zurück in ihren

Käfig. Mit raschem Blick kontrollierte er die Futterautomaten und die Wasserflaschen, an deren Plastikmundstück die Ratten sich selbst bedienen konnten, dann verschloß er den Nebenraum mit dem penetranten Geruch und kam herüber zu Palm.

Sibilla hatte sich die Handschuhe abgestreift und samt Papiermundschutz in den Abfallcontainer geworfen.

»So, das war's. Aber wenn Sie hierbleiben wollen – wir testen jetzt die Übertragungen von gestern.«

Palm war schon auf dem Weg zum Treppenhaus.

»Heute noch? So spät? Wann machen Sie Schluß?«

»Ratten sind Nachttiere. Wir müssen uns anpassen. Kommen Sie.«

Sibilla ging voraus, hinüber zu der umgebauten Tenne. Aus weißbeschichteten Spanplatten waren kleinere Kabinen entstanden. Weiße Plastikvorhänge trennten diese Testräume voneinander ab.

Alles weiß in weiß, dachte Palm. Lassen Ratten sich denn nicht auf Depressionen testen? Weiße Ratten in einer weißen Welt, in steriler Luft, bei sterilem Futter.

Werden Versuchsergebnisse nicht auch durch Neurosen verfälscht?

Sibilla nahm ein weißes, steriles Tuch von einem großen Laufkäfig und setzte fünf auffällig markierte Ratten hinein, die in einem Nebenraum bereitgestellt waren.

»Diese Tiere hier liefen gestern – also bevor sie die Injektion erhielten – noch davon, wenn ein Blitzlicht aufflammte. Inzwischen haben wir ihnen Gehirnextrakt von Ratten eingespritzt, die umkonditioniert worden waren. Immer nach dem Blitz bekamen die zu fressen. Sobald es blitzte, kamen die nach vorn, dort fanden sie Futter. So, Freunde – in die Ecke . . .«

Jeroen hatte ein Fotoblitzgerät aus einem Aluminiumkoffer genommen und vor dem Käfig installiert.

»Achtung, Jeroen – bist du soweit?«

»Gleich fertig – Sekunde.«

Er schaltete ein – der Blitz flammte auf – noch mal und noch mal – eine Kaskade von Blitzen fiel auf die verdutzten Tiere, die sich scheu in die hinterste Ecke drückten. Kein Erfolg, so schien es.

Noch immer folgte Blitz auf Blitz.

Da richtete sich das erste Tier auf, schnupperte interessiert in die ›gefährliche‹ Richtung – das grelle Licht spiegelte sich in den roten Knopfaugen –, setzte schließlich die Vorderfüße wieder auf den Boden – und kam langsam, zögernd auf die Blitzquelle zu.

Ein zweites Tier folgte.

Ein drittes.

Magisch angezogen von dem sonst so erschreckenden Ereignis durchquerten sie den Laufkäfig, witterten, schnupperten, wußten nicht so recht, was das alles zu bedeuten hatte, was sie eigentlich in dieser Richtung suchten, was sie dorthin trieb. Aber sie kamen, verharrten wieder, liefen weiter – und landeten schließlich höchst interessiert genau vor der Lichtquelle.

Das vierte Tier hatte sich ebenfalls auf den Weg gemacht, kehrte aber wieder um und wandte sich ab. Dann wurde es erneut aufmerksam, kam näher, zögerte, richtete sich auf und blieb schließlich in Käfigmitte sitzen.

Nur die letzte, die fünfte Ratte, gehorchte ihrem Ur-Instinkt. Ängstlich zusammengekauert, den Kopf von dem grellen Licht abgewandt, drückte sie sich zitternd in die entfernteste Ecke des Käfigs.

Die große Stoppuhr blieb stehen. Ende des Tests.

Sibilla zog Bilanz.

»0-4 war unentschlossen, 0-1 bis -3 positiv, 0-5 negativ. Ein guter Erfolg, würde ich sagen.«

Palm nickte anerkennend.

Während Jeroen die fünf Ratten wieder in ihre einzelnen Käfige verfrachtete, ging Sibilla voraus in die übernächste Kabine.

Palm folgte.

»Ratten sind extrem lärmempfindlich. Hier.«

Eine elektrische Klingel schnarrte los, die Ratten in ihren kleinen Käfigen flüchteten hysterisch in die hinterste Ecke.

»So – und jetzt kommt die zweite Runde. Diese Tiere da drüben haben vorgestern noch in der gleichen Weise reagiert. Flucht vor Lärm.«

Sie setzte die erste Ratte in einen Laufkäfig.

»Wir haben ihnen RNS injiziert, die von Ratten stammt, denen wir die Angst vor Lärm abgewöhnt hatten. Futter gab es immer nur bei Lärm. Wenn es klingelte, stürzten sie zum Trog. Mal sehen, wie diese Gruppe heute reagiert.«

Jeroen war nachgekommen, betätigte nun Stoppuhr und Klingel. Die Ratte blickte verstört hoch, blieb aber sitzen.

Jeroen klingelte weiter.

Die Ratte versuchte, sich zu verkriechen.

»Negativ.«

Sibilla tauschte die Ratte gegen die nächste.

Wieder schnarrte die Klingel. – Auch die zweite Ratte dachte nur an Flucht.

»Ebenfalls negativ.«

Auch der dritte Versuch brachte keinen Erfolg.

Aber dann kam die Wende – nacheinander fanden fünf Ratten die schnarrende Klingel sehr attraktiv. Nach kurzem Zögern und Wittern durchquerten sie den Käfig und suchten Futter im Napf.

»Sehr gut!« Palm schien zufrieden. »Sie sollten an einem der nächsten Abende die Kollegen über diese Erfolge informieren. Das wäre eine gute Gelegenheit, die – nun ja, etwas seltsame – Darbietung von gestern mittag wieder wettzumachen.«

»Wie meinen Sie das?« Jeroen war betroffen, blickte zu Sibilla, die schüttelte nur, unbemerkt von Palm, leicht den Kopf.

Aber Jeroen war ein hartnäckiger Niederländer und nicht bereit, brisante Theorien und Ideen einer skeptischen Mehrheit zu opfern.

»Unsere Experimente haben Modellcharakter!«

»Aber ich bitte Sie, Jeroen . . .« Palm versuchte einzulenken. »Sie wollen doch nicht ernsthaft behaupten, daß sich diese Methoden der Übertragung von Erfahrung und Wissen auf den Menschen anwenden lassen. Daß das bei diesem höchst komplizierten, differenzierten Apparat in der gleichen Weise funktioniert . . .«

Jeroen fiel ihm ins Wort:

»In dieser Weise natürlich nicht – nicht ohne weiteres – nicht in dieser Form! Aber prinzipiell . . . Es wäre doch zumindest denkbar . . .!«

»Jaja, der Traum des Dr. Faustus!« Palm betrachtete nachdenklich die toten Ratten, die in Plastikbeutel eingeschweißt mit geöffneter Schädeldecke auf dem Tisch neben dem Ausgang lagen.

»Spielen Sie eigentlich Schach?« Palm hatte bereits die Klinke der Tür in der Hand, als er sich nochmals an Jeroen wandte.

Der war von der Frage völlig überrascht.

»Schach? . . . Äh – nein, eigentlich nicht.«

»Was heißt ›eigentlich nicht‹?«

»Früher einmal, während des Studiums. Aber das ist einige Zeit her. Warum?«

Palm nahm einen Zeitungsausschnitt aus seiner Brieftasche, faltete ihn auseinander, warf selbst noch einen Blick darauf, bevor er ihn weitergab.

»Yvonne hat mir das aus einer Zeitung ausgeschnitten. Felix van Reijn wurde letzte Woche belgischer Schachmeister. Sein neuestes Hobby, seine neuesten Triumphe.«

Jeroen gab den Zeitungsausschnitt weiter an Sibilla.

Zwei Fotos waren da mit einem Schriftbalken in flämischer Sprache verbunden. Links ein Porträt: Felix van Reijn. Rechts eine Gruppe. Van Reijn wird etwas überreicht – eine Skulptur – Händeschütteln – Lächeln für die Fotografen.

»Jetzt sucht van Reijn Partner für einen Simultankampf in Knokke.« Palm lächelte mal wieder höchst geheimnisvoll, bevor er sich zum Ausgang wandte.

»Ich dachte, wenn Sie ihn kennenlernen möchten . . .!«

Sibilla reichte den Zeitungsausschnitt zurück: »Das wär' doch was für Carolus Büdel. Der spielt per Brief mit irgendeinem russischen Großmeister. Jedes Spiel dauert drei bis vier Monate.«

3

Ein Totenkopf mit gekreuzten Knochen und der Unterschrift *GIFT* klebte als Etikett auf einer Käseglocke.

Darunter stand, wohlbehütet und geschützt, ein kleines Steck-Schach mit einer gar nicht mal so aussichtslosen Spielsituation – zumindest für Weiß.

Carolus Büdel, Systemanalytiker und Kybernetiker des *Blauen Palais*, spielte allerdings Schwarz.

Das Spiel unter dem Glassturz hatte einen Ehrenplatz in diesem Chaos des Mansardenzimmers. Die Wände waren vollgehängt mit Plänen, Diagrammen und Computergrafik. Auf dem Fußboden stapelten sich Türme mit ausgedruckten Protokollen, die auf ihre Auswertung warteten. Selbst die spartanische Couch war unter einer Papier-Lawine begraben.

Büdel machte keine Anstalten, sich umzudrehen. Er arbeitete an einem neuen Programm. Dazu ließ er sich aus allen vier Ecken des winzigen Raums mit quadrophoner Barockmusik überschütten.

»Nein, du störst mich nicht – überhaupt nicht! Hauptsache, du sprichst mich nicht an!«

Zumindest hatte er nun davon Kenntnis, daß Jeroen eingetreten war und in der Mitte des Raumes darauf wartete, gegen die Musik- und Gedankenflut bei passender Gelegenheit anzugehen.

»Ich wollte eigentlich . . .«

»Ruhe!« Büdel wischte ein Dutzend Blätter vom Tisch und fing mit neuen Formularen wieder von vorne an. Dabei ließ er sich sogar zu einer Erklärung hinreißen. »Polazzo hat mir die neuesten Daten seiner Peptidanalyse auf den Tisch geknallt – muß ich noch eingeben. Irgendwo am Fenster steht Aprikosenschnaps. Bedien dich! Mehr kann ich nicht für dich tun.«

Jeroen zog einen ehrenvollen Rückzug in Erwägung.

»Ich kam nur . . .«

»Sei still! Bitte!«

». . . wegen Schach. Dein Spiel mit Leonew!«

Büdel blickte auf. Peptidketten, Programme und Auftrag schienen vergessen.

Er drehte die Musik um etliches leiser, blinzelte verschmitzt durch seine dicken Brillengläser, zog den alten Teewagen mit Käseglocke und Steckschach zu sich heran. »Schöne Scheiße, was?« Er nahm den Brief zur Hand: dünnes, billiges Papier mit nur vier Zeilen und einer Unterschrift.

»Kam gestern. Also, nicht ganz aussichtslos – nur . . . Ich hab' heute nacht mit dem Computer fast alle möglichen Gegenzüge durchgespielt. Aber bisher war Leonew unserem Rechner immer überlegen. Die Kreativität unserer alten Maschine hat eben ihre Grenzen.«

Jeroen schob einen Papierstapel zur Seite und setzte sich auf die Couch. Auf dem Fensterbrett wartete immer noch der Aprikosenschnaps mit zwei ungespülten Gläsern.

Aber Jeroen machte sich nichts daraus.

»Hast du mal simultan gespielt? Ein Simultanturnier? Gleichzeitig gegen mehrere Gegner?«

Büdel schüttelte den Kopf und sah Jeroen über seine Brillengläser hinweg traurig an: »Das kannst du von einem Berner nicht verlangen! Bei Leonew überlege ich mir manche Züge oft eine ganze Woche lang. Bei einem Simultanspiel mußt du dich in Sekunden entscheiden. Wenn der Gegner ans Brett tritt, mußt du gezogen haben. Danke nein!«

»Schade!«

»Wieso?«

»Du hast also keine Lust, mit zwanzig anderen gegen ein Schachgenie anzutreten?«

»Wer ist es denn?«

»Neuer Großmeister in Belgien.«

»Aha. Na, wenn der's nötig hat.« Büdel schob den Teewagen auf seinen alten Platz zurück. »Obwohl, einen guten Simultanspieler gab es: Polipoff. Der war Klasse. In so einem Fall . . .«

»Polipoff? Ein Russe?«

»Bulgare. Aus einem Ziegendorf – oder Schafhirte oder was

weiß ich. Später war er Mathematiklehrer in Sofia. Der beherrschte Simultan!«

Büdel schloß anerkennend seine Augen und lehnte sich zurück.

». . . beherrschte? –. Er lebt nicht mehr?«

Jeroen wurde hellhörig.

»Lebt nicht mehr, nein. Starb vor einem halben Jahr.« Büdel schwenkte seinen Drehstuhl zurück in Richtung Peptidanalyse und Programm.

»Woran starb er, dieser . . . Wie hieß er?«

»Polipoff. Gregor – oder Gregorij Polipoff. Er war über sechzig – und es war in Amsterdam bei den Europameisterschaften, als es passierte.«

»Ach so.« Jeroens gespannte Aufmerksamkeit löste sich.

»Nein, nein. Mitgespielt hat er nicht – ich meine, in der Ausscheidung. Er war plötzlich verschwunden. Und irgendwann fischte man ihn aus dem Wasser, aus einer Gracht.«

»Ertrunken?« Tragischer Tod, dachte Jeroen, für einen Schachmeister. Nicht der Herzkollaps am Brett, nein, ausgerechnet in eine Gracht fallen in Amsterdam und ertrinken.

»Ertrunken – eigentlich nicht!« Büdel machte eine Kunstpause, ohne zu ahnen, daß es dieses dramatischen Akzents gar nicht mehr bedurfte.

»Es hat Tage gedauert, bis man Polipoff identifiziert hatte, bis man wußte, daß es wirklich dieser Polipoff war.

Die Leiche war ziemlich verstümmelt – ihr fehlte der Kopf!«

4

KNOKKE GRÜSST DIE SCHACHSPIELER DER WELT. So stand es in vier Sprachen auf einem Spruchband, das quer über dem Portal des alten Casinos hing.

Der kalte Nordseewind, der durch die Gassen wehte und den Geruch von Tang und Ebbe in die winterlich verschlafene Stadt trug, hatte das Spruchband aufgedreht und die Lorbeerbäume bös zerzaust. Ein Mann war aus einem gemieteten Rolls Royce gestiegen. Die Menge, steif vor Kälte, hatte applaudiert. Dann war dieser Mann mit seinem Gefolge, aufrecht und ein wenig arrogant, den roten Teppich hinaufgeschritten, der auf der Treppe ausgelegt war, hatte Hände geschüttelt, die Reihe der Honoratioren in Cut und Amtskette samt den etwas zu festlich gekleideten Ehefrauen abgeschritten und war schließlich durch das Säulenportal verschwunden: *Felix van Reijn.*

Pressefotografen und Ehrengäste waren hinterhergeströmt, Diener in Livree und Ordner mit weißen Armbinden versuchten die Neugierigen zurückzuhalten und sorgten für Ruhe.

Van Reijn glitt aus seinem schwarzen Mantel – ein kurzer Blick in die Runde – Totenstille, kein Hüsteln, kein Räuspern, kein Flüstern mehr – er kam zur Sache.

Hinter 21 kleinen, grünbespannten Tischchen saßen die 21 Gegner schon bereit. Mit kalter Routine, abwesend und nervös, ging van Reijn von Tisch zu Tisch und schüttelte Hände, ohne seine Gegner auch nur eines Blickes zu würdigen.

Die spielten Weiß, und auf ein Zeichen des Jury-Präsidenten, der mit vier würdigen Mit-Juroren van Reijns Runden begleitete, machten sie den ersten Zug.

Das Spiel hatte ohne große Formalitäten begonnen. Van Reijn ging von Brett zu Brett und überlegte in keinem einzigen Fall länger als fünf Sekunden.

Ein kurzer Blick – sein Zug – dann schritt er weiter.

Hinter der roten Kordel, die die Zuschauer in respektvollem Abstand zu den Spieltischen hielt, standen auch Sibilla und Jeroen und wagten nicht zu atmen.

Die Fresken René Magrittes blickten in ihrer absurden Schönheit auf diese nicht minder absurde Inszenierung. Sie füllten den kreisrunden Saal bis hinauf zur Decke: versteinerte Weiber, geflügelte Berge, blühende Insekten und Vögel. Das Genie des Surrealisten Magritte ist tot, dachte Jeroen, und die RNS seines Gehirns für immer jedem fremden Zugriff entzogen – aber damit auch jeder Möglichkeit, weiterzuwirken, beraubt . . .

Weiter kam Jeroen nicht mit seinen ketzerischen Gedanken. Ein Husten hatte sich selbständig gemacht, irgendwo, hallte nun durch den Raum und war nicht mehr einzufangen.

Van Reijn blieb stehen, sah sich um. Vorwurf und allerletzte Warnung lagen in seinem Blick. Erst nach langen zehn Sekunden blickte er wieder auf das Brett seines Gegners. Es war Carolus Büdel.

War es die Persönlichkeit van Reijns, die mystische Spekulation Jeroens, die gespannte Atmosphäre dieser fast kultischen Handlung, wie auch immer: Büdel lief der Angstschweiß in kleinen, eiskalten Bächen unter dem Kragen seines ungewohnt steifen Hemdes den Rücken hinunter.

Er sah bereits die Fehler, die er gemacht hatte, rechnete sich aus, wie van Reijn darauf reagieren würde, und hatte in einigen Fällen sogar recht damit.

Die eigenen Züge logisch zu planen erschien ihm widersinnig. Er hatte aufgehört, die Runden und Züge van Reijns zu zählen, die Spiele waren später im Protokoll ohnehin nachzulesen. Trotzdem war er erstaunt, als van Reijn ihm unvermittelt und spontan die Hand reichte und etwas murmelte. Eine Glocke erklang leise und gedämpft, ein Raunen schwebte durch den Raum. Und bis Büdel begriff, daß diese Geste nicht Anerkennung bedeutete, sondern das Ende seines Spiels, war van Reijn bereits am übernächsten Tisch. Büdel war matt. Das erste Opfer des Turniers. Er wollte aufstehen und weggehen – was sollte er noch? Aber ein Ordner drückte ihn sanft auf seinen Stuhl zurück. Jeder hatte auf seinem Platz zu bleiben, bis die heilige Handlung vorüber war.

Büdel hatte jedes Zeitgefühl verloren. Van Reijn drehte Runde um Runde. Noch zwanzigmal ertönte die Glocke. Van Reijn verbeugte sich, verließ unter dem Beifall der Zuschauer den Kreis, verschwand im Nebenraum zu einem Empfang der Stadtverwaltung. Er hatte einundzwanzigmal gesiegt.

5

»Ich kenn' ihn!«

»Wen?«

»Van Reijn natürlich, wen sonst? Ich hab' ihn schon einmal gesehen!«

Jeroen stand an der Pier der Landungsbrücke inmitten einer Schar Unentwegter, die standhaft der Kälte trotzten, und zermarterte sich das Gehirn. »Logisch! Die Aufzeichnung des Konzerts . . .« Büdel war immer sofort alles klar.

»Nein – nicht auf dem Fernsehschirm. Und auch nicht in der Zeitung. Ich bin ihm persönlich begegnet. Irgendwann. Lange her . . .!«

Sibilla blickte ihn zweifelnd an.

Ein steifer Nordwest drückte die Brecher gegen die Kaimauer und die Pfähle der Brücke, jagte Gischt über die Köpfe der Wartenden, die sich im Windschatten des alten Holzpavillons zusammendrangten. Schreiende Möwen ließen sich von den Böen bis weiter über die Dächer der Stadt tragen und hinauf in die tief dahinziehenden Wolken.

Da entstand Unruhe an den Glastüren des Pavillons. Ein Raunen ging durch die Menge, einige applaudierten.

Blitzlichter flammten auf, das Gedränge auf dem Steg wurde gefährlich: Van Reijn hatte das Casino verlassen.

»Er kommt!«

Büdel zog die Baskenmütze tiefer ins Gesicht und sicherte

seine Brille.

»Na ja, los, mach schon!« Jeroen schob Büdel vor sich her.

Aber den hatte sein Mißerfolg zutiefst frustriert.

»Kann Sibilla nicht . . .?«

»Sibilla könnte. Aber Weiber, die ihn anbeten, hat er genug. Los, sag ihm etwas Nettes!« Jeroen gab nicht nach.

»Ich weiß wirklich nicht . . .!«

»Für ihn war es ein gelungenes Experiment. Stell dich nicht so an, Carolus, sag ihm, wie fabelhaft er spielt!«

»Das weiß er doch selbst!«

»Aber er kann es gar nicht oft genug hören!«

Das Abschiedsritual vor der Türe des Pavillons war zu Ende. Van Reijn machte sich mit seinem Gefolge auf den Weg hinüber zum Festland. Achtzig Meter Landungsbrücke lagen vor ihm – die einzige Chance für die drei vom *Blauen Palais*, mit ihm in Kontakt zu kommen.

Büdel wagte die Flucht nach vorn, stellte sich van Reijn in den Weg und trabte, als dieser seinen Marsch nicht verlangsamte, stur und klebrig neben ihm her.

»Ich kann das nicht begreifen, Herr van Reijn – machen Sie das nun mit Hypnose oder Suggestion? Das war mein kürzestes Spiel!«

»Meines auch!«

Van Reijn hatte nur einen kurzen Blick auf Büdel geworfen – und ihn als einen seiner Gegner identifiziert.

»Ich spiele seit Jahren gegen Leonew, per Brief.«

»Leonew, ach – der russische Kybernetiker?«

»Ja, wir sind Kollegen. Mein Name ist Büdel, Carolus Büdel, die Nummer elf, Sie erinnern sich.«

Van Reijn nickte ihm mit einem Routinelächeln zu.

Inzwischen hatten sich Jeroen und Sibilla dicht an die Gruppe um van Reijn herangeschoben. Nun überholten sie und mischten sich in das Gespräch.

»Wir arbeiten zusammen, alle drei, in einem Institut. Mein Name ist de Groot, ich bin Niederländer. Fräulein Jacopescu kommt aus Bukarest.«

»Sehr angenehm.«

Van Reijns Kälte übertraf den stürmischen Wintertag um etliche Grade. Er schlug den Kragen hoch, sein graumeliertes Haar wehte im Wind, und beschleunigte seinen Schritt.

Aber Jeroen und Sibilla hielten mit.

»Sie sind der erste, der unseren Kollegen Carolus Büdel bezwungen hat!«

»Ja, außer Leonew . . .« Aber dieses überflüssige Geständnis von Büdel kam gottseidank nicht an.

Van Reijn hatte sich bereits Sibilla zugewandt. Ein kurzer, prüfender Blick in das hübsche Gesicht. Sibilla versuchte gerade ihre rotblonden Locken unter einem Tuch zu bändigen.

»Auch Physikerin?«

»Biochemie! In unserem Institut treffen sich verschiedene Fachrichtungen.«

Das Eis schien gebrochen. Jeroen lenkte das Gespräch in die gewünschte Richtung: »Wir arbeiten zum Beispiel auf dem Gebiet der Molekularbiologie und Genetik.«

»Ach ja, interessant.«

»Neuland – wenigstens überwiegend.«

Ohne seine Schritte zu verlangsamen, begann van Reijn eine sehr ins Detail gehende Fachdiskussion zu improvisieren: »Das ›Neuland‹, von dem Sie sprechen, wird auf breiter Front erobert: Kudelski und Goldberg haben gerade ein Gen von *Planarien* vollständig synthetisiert. Weigand hat Basenpaare in der DNS der Taufliege *drosophila melanogaster* ausgewechselt. Duvoisier verändert Erbanlagen mit scharf gebündelten Laserstrahlen im UVC-Bereich – aber das ist zu grob. Er müßte einen gepulsten Röntgen-Laser verwenden – aber den gibt es noch nicht! Woran arbeiten Sie speziell?«

Die Frage galt Sibilla. Sie blickte kurz zu Jeroen. Der nickte ihr zu – Einverständnis: Erzähl, was du weißt!

»Ja – Isolierung der Messenger-RNS. Wir versuchen festzustellen, welche Qualitäten von Information durch die Ribonukleinsäure transferiert werden können.

Erbanlagen interessieren uns in diesem Fall weniger. Nur Gedächtnis, Erfahrung, Erlerntes.«

In die entstehende Pause schob Jeroen noch eine Zusatz-Information hinterher: »Wir extrahieren die RNS aus Gehirnen!«

Van Reijn wirkte nicht übermäßig interessiert: »Von . . .?«

Jeroen blickte ihn fragend an.

Van Reijn wiederholte: »Von? – Aus den Gehirnen von . . .?«

»Von Ratten.«

»Ach so. Tierversuche!« Das klang enttäuscht.

Van Reijns aufkeimendes Interesse war bereits wieder abgekühlt, als Sibilla fortfuhr:

»Natürlich Tierversuche. Was sonst?!«

Jeroen ließ van Reijn nicht aus den Augen. Aber der reagierte nicht. Kein Blick, keine Unruhe. Nichts. Pokerface – oder Unschuld?

Van Reijns Replik kam sachlich und ohne Emotion:

»Keiner wagt sich an den Menschen, ja. Aus gutem Grund. Ein altes Tabu lähmt eine junge Wissenschaft!«

Sie waren am Ende des Landungssteges angekommen.

Van Reijns Begleiter hatten sich frierend um den wartenden Rolls-Royce versammelt, bis sie in einen Bus mit dem Hinweis-Schild *PRESSE* getrieben wurden. Alles war hervorragend organisiert. Das Fachgespräch war zu Ende, ohne Pointe, ohne Ergebnis. Da startete Jeroen einen letzten Versuch: »Eine Frage noch, Herr van Reijn: Sind Sie Biochemiker?«

»Wieso?«

»Ihre sehr speziellen Ausführungen . . .«

Die Wagentüre wurde geöffnet. Van Reijn ließ sich in die Original-Rindslederpolster fallen.

»Die Biochemie ist ein interessantes Gebiet!

Wir sehen uns noch . . .!«

Der Wagenschlag fiel zu.

Ein dienstbarer Geist startete den Motor.

Der Wagen fuhr los, die Menge wich zurück und gab den Weg frei.

Van Reijn blickte nicht mehr zurück.

»Das ist doch nicht möglich.«

Sibilla wickelte sich fröstelnd in ihr rostbraunes Cape.

Jeroens dünner Trench flatterte offen im eisigen Seewind – er hatte Kälte und Sturm völlig vergessen.

»Was ist nicht möglich, Sibilla? – Daß er so mitreden kann, über Biochemie?« Jeroen fuhr sich über die Stirn.

»Ich würde sagen: nur so ist es möglich . . .«

6

Die kleine Pension war strategisch günstig gewählt. Wenn man die drei engen, steilen Treppen heil erklommen hatte, lohnte sich der Ausblick aus dem Erkerzimmer. Schräg gegenüber lag das *Esplanade.* Dort war van Reijn abgestiegen. Er schien noch einen weiteren Tag zu bleiben. Auf der anderen Seite hatte man freien Blick auf Landungsbrücke und Pier. Die Strandpromenade war in ihrer ganzen Länge zu kontrollieren. Büdel hatte Wache. Mit einem Fernglas bewaffnet hockte er in einem zerschlissenen Korbsessel neben dem Erkerfenster und aß fetten Räucherbutt aus dem Papier.

Im anschließenden Zimmer lagen Sibilla und Jeroen auf dem französischen Bett mit der durchhängenden Matratze und schwiegen sich an.

Grau und braun schien die Dämmerung vom Meer her über das Land zu kriechen. Der Sturm hatte nachgelassen. Nur die weißen Schaumkronen der aufgewühlten Dünung wanderten unablässig gegen den Strand. Das dumpfe Donnern der Brandung erfüllte als einziges Geräusch den armseligen, traurigen Raum in dieser drittklassigen Herberge.

»Wir hätten im *Esplanade* absteigen sollen. Ein zufälliges Zusammentreffen beim Abendessen, an der Rezeption, im Frühstücksraum . . .«

Büdel hatte wie immer eine praktische Lösung der anstehenden Probleme zur Hand.

»Ich wußte nicht, daß du geerbt hast und uns einladen möchtest, Carolus.«

Jeroen war Pragmatiker.

»Wieso?«

»Mir hat Su Shu Wong zweihundert Dollar mitgegeben, für drei Leute und drei Tage. Und er hofft, daß ich ihm das meiste wiederbringe.« Jeroen richtete sich auf.

»Sag mal, konntest du dich nicht satt essen auf dem Empfang?«

»Das Spiel war mir auf den Magen geschlagen, wenn ihr erlaubt!«

»Wir erlauben. Aber der Heilbutt stinkt entsetzlich. Und es ist unser Zimmer.«

»Entschuldige.«

Büdel stand auf und öffnete ein Fenster zur Seeseite hin. Die Vorhänge tanzten im Wind quer durch den Erker.

»Das Gesicht dieses Mannes . . . Das Gesicht . . .«

Jeroen grübelte immer noch.

»Er ist Biochemiker – oder so etwas Ähnliches. Sibilla, du mußt herausfinden, wer er ist. Vor drei Jahren kannte den noch kein Mensch.«

»Ich? Ich soll das herausfinden? Wie denn?«

»Laß dir etwas einfallen.«

»Ich hab' Angst.«

»Vor van Reijn?«

»Ja!«

»Aber Sibilla . . .«

Wieder schwiegen sie vor sich hin.

Büdel hatte sein Mahl beendet, packte Fischreste und Papier zusammen in eine Plastiktüte und schloß das Fenster.

Das Geräusch der Meeresbrandung war wieder weit weg.

»Warum soll nicht unter Millionen Gehirnen eines existieren, das anders und eben perfekter funktioniert als die anderen? Zu wieviel Prozent ist es denn ausgelastet, unser Gehirn? Zu zehn oder fünfzehn . . .? Der Rest bleibt ungenutzt als stille Reserve. Wenn man die aktiviert . . .« Büdel ließ sich wieder in seinen Sessel fallen. »Ich glaube nicht an Magie. Gedächtnis ist alles. Van Reijn liest ein Buch über Biochemie und speichert alle Details. Macht mein Computer auch.«

Jeroen wurde böse.

»Was denn? – Plötzlich wie ein Blitz aus heiterem Himmel senkt sich also Genialität über sein Gehirn! Ich glaube nicht an Wunder!« Er dachte nach: »Aber solange wir nicht wissen, wer er ist, wer er war. Zusammenhänge . . .

Sibilla, mach dich ran an ihn.«

»Für deine wissenschaftliche Neugier ist dir kein Opfer zu groß, nicht wahr, Jeroen?«

Sie griff nach seiner Hand, hielt sie fest.

»Ich mach' mir keine Sorgen um dich, Sibilla. Wirklich nicht. Du hast selbst gesagt, du findest ihn widerlich. Das ist doch sehr beruhigend für mich.«

»Nein!«

»Was – nein?«

Sibilla atmete tief durch.

»Ich habe gesagt – ich finde ihn eitel – ich finde ihn arrogant – sonst nichts.

Und ich hab' auch gesagt: Vor diesem Mann hab' ich Angst.«

7

Ein Schwarm hungriger Möwen kreiste schreiend über einer einsamen Gestalt, die am Flutsaum stand und hinausblickte auf die Brandung.

Immer wieder stürzten sich einzelne Vögel herunter aufs Wasser, fingen im Flug die Brotbrocken, die ihnen zugeworfen wurden.

Sibilla fröstelte – und wartete.

Der Wind zerzauste ihre Haare. Sie schlug den Kragen ihrer

Strickjacke hoch, blickte sich um.

Der Mann, ein einsamer Wanderer, weithin sichtbar auf dem sonst menschenleeren Strand, war näher gekommen. Auf dem Weg zurück zur Stadt, zur Strandpromenade, zu seinem Hotel mußte er an ihr vorbei.

Oben am Erkerfenster der kleinen Pension verfolgten Jeroen und Büdel mit dem Fernglas das wohlarrangierte zufällige Zusammentreffen.

Van Reijn war stehengeblieben: »Also Sie sind das!«

Sibilla sah ihn erstaunt an.

»Die junge Dame auf der Suche nach dem Gedächtnismolekül?«

Sie lachte.

»Hab' Sie gar nicht erkannt. Sie sind früh auf.«

»Wenn man niemandem begegnen will . . .«

Er blickte hinauf zu dem schreienden Schwarm.

»Ist Ihnen schon aufgefallen, daß immer nur die geschicktesten Tiere die Brocken erwischen?«

»Falsch! Wenn die größte Gier gestillt ist, wenn das Überleben gesichert ist, geht es ausgesprochen gerecht zu. Jaja, glauben Sie's nur – ich bin auch Biologin.«

Sibilla wirkte freundlich – aber letzten Endes unnahbar und kühl. Das schien ihn zu reizen. Besonders, daß diese Möwen ihr Interesse offenbar stärker fesselten als seine Gegenwart.

»Übrigens – anknüpfend an unser gestriges Gespräch muß ich auch Sie korrigieren: – Die Ribonukleinsäure aus dem Kern einer Gehirnzelle transportiert nicht Gedächtnis oder Erfahrung. Sie transportiert nur die chemische Information, nach der dann Gedächtnis und Erfahrung neu aufgebaut werden müssen.«

Die Möwen waren mit Erfolg aus dem Feld geschlagen.

»Wer sagt das?«

»Wenn Sie mit mir frühstücken gehen, erzähle ich Ihnen, wer das sagt.« Er blickte sich um.

»Wo sind Ihre Kollegen?«

»Weiß nicht. Vielleicht schlafen sie noch.«

Sie schliefen nicht, sondern waren im Gegenteil hellwach: »Er hat angebissen!«

Jeroen hatte Büdel das Fernglas aus der Hand genommen und schaute amüsiert hinunter zum Strand.

»Vorsicht!« Büdel versuchte Jeroens Triumph ein wenig zu bremsen.

»Soviel ich von dir weiß, sind Ratten sehr intelligente Tiere.«

»Ja – und?«

»Manche fressen den Speck weg, ohne in die Falle zu gehen.« Er stand auf, schlüpfte in seinen Mantel.

»Du gehst?«

»Sicher.«

Büdel zog die Baskenmütze über die schütteren Haare.

»Wir bleiben doch besser auf Sichtweite, oder?«

Eine Minute später startete vor der drittklassigen Ferienpension ein alter, verrosteter 2CV mit niederländischem Kennzeichen. Langsam dümpelte der kleine Wagen die Uferpromenade hinauf, vorbei an den geschlossenen Hotelpalästen aus dem letzten Jahrhundert mit ihren blinden Fenstern und den vernagelten Portalen, vorbei an Restaurants und Cafés hinter Bretterverschlägen. Zwischen Nach- und Vorsaison hatte sich die kleine Stadt am Meer gegen die Winterstürme aus Nordwest verbarrikadiert.

Als Büdel und Jeroen am Ende der sandverwehten Promenade die Dünen erreichten, waren auch die beiden einsamen Wanderer wieder aufgetaucht.

Das gemeinsame Frühstück war längst vergessen.

Die Ebbe hatte einen unendlichen Strand freigelegt, der sich vor ihnen dehnte bis zum Horizont.

Hinter ihnen lagen die gewaltigen, salzzerfressenen Pfähle, die die Landungsbrücke trugen.

Aber das alles war im Augenblick nicht wichtig, wurde von den beiden nicht registriert, ebensowenig wie der Flutsaum aus Müll, Treibholz, Flaschen und Plastik, dem sie zu folgen schienen.

»In diesem Fall wäre das Tabak-Mosaik-Virus ein schönes

Modell für Untersuchungen an Poli-Nukleotiden . . .«

Sibilla sah den dozierenden van Reijn von der Seite her an: »Haben Sie das heute nacht auswendig gelernt, um mir zu imponieren?«

»Ich hatte nicht damit gerechnet, Sie nochmals zu treffen. Imponiert es Ihnen denn?«

»Nein!«

Sie lächelte ihn provozierend an.

Er lächelte zurück.

»Glaub' ich Ihnen nicht. Natürlich interessiert Sie das. Und ›auswendig gelernt‹? Wo? Ich könnte Ihnen Dinge erzählen, die finden Sie nirgends. Unveröffentlichte Sensationen.«

»Und woher stammen diese unveröffentlichten Sensationen?«

Van Reijn zögerte.

»Ich glaube nicht, daß es klug wäre, Ihnen das zu erzählen!«

Er schwieg ein paar Schritte lang.

»Ein Freund – es wäre unfair gegen ihn. Er arbeitet – an einer – ich glaube – weltverändernden – Erkenntnis!«

Ein Schwarm Seevögel flatterte auf.

Der kleine 2CV kroch mühsam eine fast völlig verwehte Dünenpiste entlang. Die Verkehrsschilder waren nicht zu übersehen: Durchfahrt gesperrt.

»Mehr als 50 Francs kann's nicht kosten«, meinte Büdel. Soviel hatte er gerade noch. Aber außer den beiden Strandwanderern war keine Menschenseele zu sehen. »Wieso redet er so lange mit ihr?« Jeroen war unruhig geworden. »Fachliches Interesse kann's nicht sein. Was könnte sie ihm bieten? Und Frauen, die hinter ihm her sind, hat er weiß Gott genug. Also warum?«

»Weil Sie ihn ablehnt – deshalb!« Büdel schob seine verrutschte Brille hoch, sinnlos, beim Zustand dieser Straße. »Das kann ein Mann von seinem Kaliber unmöglich akzeptieren.«

Eine langgestreckte Düne versperrte ihnen den Blick zum Strand. Jeroen stoppte den Wagen.

»Vielleicht sucht er eine Mitarbeiterin? Vielleicht erhält Sibilla

Einblicke in seine Arbeit, in sein Labor?«

Büdel sah Jeroen mehr als skeptisch an:

»Du hältst also immer noch fest an dieser fixen Idee . . .«

Es fing zu regnen an. Ein feiner Nieselregen, der schon nach kurzer Zeit durch alle Kleider drang. Jeroen schaltete den Scheibenwischer ein.

»Sie kehren bestimmt um.«

»Möglich.«

Büdel war da nicht so sicher.

Sie warteten. Der Regen wurde stärker. Aber die beiden Wanderer unten am Strand schien das nicht zu stören.

»Wieviel Erkenntnis paßt hinein in ein Gehirn? Wieviel Erkenntnis und Kenntnis, wieviel Wissen und Begabung und Talent?« Sie schwieg.

»Sie wissen's auch nicht?«

Sibilla schüttelte den Kopf, sah van Reijn aber unverwandt an. Der fuhr fort.

»Wann ist das menschliche Bewußtsein gesättigt mit Information?«

Sibilla versuchte einen Einwand:

»Sie glauben, es gibt eine Grenze?«

»Es muß eine Grenze geben,« van Reijn wischte sich den Regen aus dem Gesicht, ohne ihn wahrzunehmen.

»Unser Gehirn ist nicht unendlich groß, die Zahl der Neuronen, der Zellen, der Moleküle ist begrenzt. Also, wieviel paßt hinein? Platzt es, wenn wir es überfüttern?«

Er lachte.

»Ich mein' das im Ernst. Oder baut es neuen Informationen zuliebe die alten ab? Und wenn ja, wer wählt aus? Wer sortiert?«

Sibilla schüttelte ihr nasses Haar: »Das Bewußtsein selbst.«

Reijn winkte ab: »Kaum. Das Bewußtsein will sich vergrößern, will sich ausdehnen, ist unersättlich.«

Das reizte Sibilla zum Widerspruch.

»Nein. Irgendwann wird es träge und satt. Es verweigert dann jede weitere Erkenntnis. Sonst wären wir alle Genies.«

»Man müßte es zwingen!«

Sibilla blieb stehen.

»Wie?«

Er kam auf sie zu.

»Sehen Sie, es ist wichtig, daß man miteinander redet.« Er schob ihr mit einer überraschend zärtlichen Geste das nasse Haar aus dem Gesicht.

Sie sah ihn an, wehrte sich nicht, lächelte nur:

»Reden wir denn miteinander? Sie erzählen, machen merkwürdige Andeutungen. Und ich höre Ihnen zu.«

Van Reijn betrachtete Sibillas Gesicht. Das Augen-Make-up löste sich auf. Schwarze Regen-Tränen liefen ihr übers Gesicht. Sehr hübsch! schien er zu denken, aber dann sagte er nur: »Sie hören nicht nur zu. Und selbst wenn ... das wäre doch ein Anfang.«

Anfang, dachte sie, Anfang, Anfang wofür, wozu ... Aber dann faßte er ihre Hand, einfach nur so, und lief mit ihr diesen endlosen, weiten, gelben Regenstrand hinunter, ohne noch ein Wort zu sprechen.

Der 2CV war in einem Sandloch steckengeblieben, aber Büdel und Jeroen hatten ihn wieder flottbekommen. Die Dünenpiste aus verwitterten, zerbrochenen Betonplatten endete an einem Wendeplatz neben den grauen Betonresten eines Bunkers aus dem letzten Krieg. Die zerfetzte Eisenarmierung ragte aus dem Sand, der die Ruine schon zur Hälfte verschluckt hatte.

Jeroen war hinaufgeklettert, um Ausschau zu halten. Als er den Windschatten verließ, peitschte ihm der Regen ins Gesicht. Sein alter, heller Trenchcoat war in kurzer Zeit schwarz vor Nässe. Sturmböen trieben den Regen waagrecht über den Strand.

Aber die beiden da unten nahmen immer noch keine Notiz von Regen und Sturm – oder doch?

Van Reijn versuchte gerade, Sibilla in Richtung Dünen zu ziehen.

»Umkehren, natürlich – aber wir sind über eine Stunde gelaufen! Ich weiß etwas Besseres. Kommen Sie, los!«

»In die Dünen?« Sibilla fand die Situation immer noch ausgesprochen amüsant.

»Ja. Dort oben erwartet uns der Wagen Ihrer Kollegen. Wirklich. Ich weiß es!«

Sibilla war zu verblüfft, um sich zu widersetzen. Also lief sie mit, auf die Dünen zu, genau dorthin, wo Jeroen sich hinter den Bunkerresten verbarg und sie beobachtete.

Jeroen fühlte sich ertappt, dann rannte er los, zurück zum Wagen.

Er riß die Tür auf, ließ sich hinter das Steuer fallen, startete den Wagen, wendete und fuhr los.

»Was ist passiert?« Büdel hatte, wie oft, nichts begriffen.

»Van Reijn ...« Das war die ganze Erklärung Jeroens.

Als van Reijn und Sibilla den Dünenkamm endlich erklettert hatten, durch abrutschenden, nassen Sand und frischgepflanzte Strandhaferkulturen, sahen sie gerade noch den alten 2CV mit dem holländischen Nummernschild auf der sandverwehten, schmalen Piste zwischen den Dünen verschwinden.

Sibilla war fassungslos. Der Wagen war tatsächlich dagewesen, aber nun war Jeroen offenbar geflüchtet, ließ sie allein mit diesem Mann, im strömenden Regen, eine Stunde Fußmarsch vom Ort entfernt, mitten in den Dünen.

Es gab keinen Grund mehr, die Situation weiterhin komisch zu finden. Und es war nicht nur der Regen, der die letzten Reste der Tusche aus ihren Wimpern spülte. Es war auch Zorn.

»Auch gut – gehen wir eben zu Fuß.« Van Reijn schien nicht weiter verwundert.

Er schlüpfte aus seinem Mantel, der sich voll Wasser gesogen hatte wie ein Schwamm, hing ihn wie ein Dach über sie beide – mehr ein symbolischer als ein wirklicher Schutz vor dem Regen –, faßte Sibilla fest um die Schultern und stapfte mit ihr durch den tiefen Sand des Dünenabbruchs wieder hinunter zum Strand.

8

Jeroen blickte zur Decke.

Er lag ausgezogen in der Mitte des französischen Betts und zählte in Gedanken die Stunden.

Büdel ging auf und ab, hockte sich hin, sah auf die Uhr, stand wieder auf.

Er riß eines der Erkerfenster auf, starrte in die Nacht, hinunter auf das nasse glänzende Pflaster. Die müden Straßenlampen an der Ecke zur Strandpromenade schaukelten im Wind. Außer den Tropfen, die der Wind gegen die Scheiben peitschte, war nichts zu hören. Nicht einmal das Meer.

»Mach zu! Der Regen . . . bis hierher.«

Auf Jeroens Protest hin schloß Büdel das Fenster.

»Entschuldige. Ich dachte, ein Auto . . .«

Er lehnte sich gegen die Wand und putzte seine nassen Brillengläser mit der schmuddeligen Gardine.

Da näherten sich Schritte vom Treppenhaus her.

Büdel holte tief Luft, setzte die Brille auf und schaute zur Tür.

Jeroen rührte sich nicht.

Sibilla trat ein. Sehr ernst, sehr müde.

Sie schloß die Türe leise hinter sich und lehnte sich dagegen.

Die Haare ein wenig wirrer als sonst, ein glänzendes Gesicht ohne jedes Make-up. Sie schwieg, wartete, sah völlig entspannt und ruhig auf den Boden.

Dann schlüpfte sie aus dem ihr viel zu großen fremden Männermantel und legte ihn vorsichtig, fast zärtlich über einen Stuhl.

»Und?!«

Aber sie antwortete nicht auf Jeroens provozierende Frage.

Auch nicht auf die nächste: »Was war?«

Sie lehnte sich nur wieder gegen die Tür wie zuvor.

»Wir hocken hier seit über sechzehn Stunden neben dem Telefon. Es ist gleich drei Uhr früh!«

Jeroen richtete sich auf: »Also, was war?«

Sibilla hatte erst jetzt den Spiegel bemerkt, trüb, fleckig, eingelassen in die Türe des alten Kleiderschrankes. Sie ging darauf zu, blieb stehen, betrachtete sich. Wieder ein tiefer Atemzug, der Anflug eines Lächelns, dann der Reflex einer Bewegung: Sie wischte das Haar aus der Stirn, versuchte es glattzustreichen.

Sie konnte Jeroen hinter sich sehen, der sich aufgesetzt hatte und feindlich zu ihr herüberstarrte. »Ach so . . .!«

Er schien endlich zu begreifen.

Büdel hatte seine Brille wieder abgenommen. Er dachte nach, wie er möglichst unauffällig das Zimmer verlassen könnte. Er fand sich mit einer stummen Zeugenrolle wie dieser nicht besonders gut zurecht.

Da drehte Sibilla sich um, schaute Jeroen voll ins Gesicht.

Als die Pause anfing, unerträglich zu werden, wollte er es wissen: »Ist er im Bett auch so ein Genie . . .?«

»Ja!«

Sie hatte nicht gezögert, keine Sekunde.

Aber dann kam sie näher, trat dicht zu ihm, erwiderte seinen bösen Blick, und dann schlug sie ihm rechts und links ins Gesicht.

Büdel hatte gerade wieder seine Brille aufgesetzt.

Jetzt nahm er sie erschrocken wieder ab.

»O mein Gott, muß das sein . . .«

Sibilla war um das Bett herumgegangen, hatte ihre Tasche in die Mitte geworfen, ließ sich in die Kissen fallen und verbarg ihr Gesicht.

»Ja«, sagte Jeroen, »offenbar muß das sein.«

Er legte sich wieder auf den Rücken, neben Sibilla, und schwieg.

Er konnte ihr Parfum riechen und meinte, dazwischen den Geruch des fremden Mannes zu wittern. Er wollte sie anfassen, nur berühren, eine Geste der Versöhnung, aber er schaffte es nicht.

Sibilla richtete sich auf, suchte etwas in ihrer ledernen Umhängetasche, die immer noch feucht war vom Regen.

Dann hielt sie es ihm hin. Ein Kuvert.

»Was ist das?«

Sie nahm den bunten Umschlag heraus: »Ein Flugticket.« –

Aber Jeroen griff nicht zu.

»Nach Tokio!« Als er immer noch nicht reagierte, sprach sie weiter.

»Er hat sich ein Haus gekauft in Japan. – Ich soll ihn begleiten.«

»Wie lange?«

»Zwei, drei Wochen.«

Nimm mir doch das Ticket weg! Hörst du nicht? dachte Sibilla. Nimm es mir aus der Hand, zerreiß es, wirf es fort, sag nein! Das ist deine Chance . . .

Aber Jeroen sah die Chance nicht.

»Du hast deinen Job, Sibilla. Du kannst nicht weg, hast du ihm nicht erklärt . . .«

Sie unterbrach ihn: »Er weiß es.«

»Und?«

Sie hob hilflos die Schultern, hielt ihm immer noch das Ticket hin, wollte es los sein . . .

»Tokio!«

Jeroen hatte plötzlich einen Einfall:

»Da sitzen Sukashi und Barnell. Die haben seit Jahren nichts veröffentlicht. Es heißt, sie untersuchen den ständigen Fluß der Boten-RNS vom Zellkern zu den Ribosomen und deren Steuerung durch den genetischen Apparat . . .«

Sibilla starrte Jeroen fassungslos an.

»Wenn man an die beiden herankäme«, fuhr er fort, »persönlicher Kontakt . . . Tokio . . .«

»Okay«, sagte Sibilla, faßte einen Entschluß, packte das Ticket in die Tasche und stand auf.

9

Das riesige Tor aus Zedernholz öffnete sich. Dahinter lag der Park.

Drei alte Japanerinnen in graublauen Kimonos wiederholten wieder und wieder ihr Verbeugungsritual.

Van Reijn geleitete Sibilla über die Schwelle.

Das Haus, das im Dämmerlicht des Parks lag, sah aus wie ein Tempel – die typische Holzbauweise von Honshu aus dem 17. Jahrhundert: schwer und massiv aus schwärzlichen Balken.

Der Plattenweg führte sanft bergan, in anmutig geschwungenen Windungen, von Steinlaternen gesäumt, von zierlichen, gestutzten Bäumen und blühenden Büschen. Eine Brücke führte über einen kleinen Bach, der den künstlichen See speiste.

Bemooste Steine waren unter Bäumen verstreut, wie zufällig. Aber letzten Endes war alles sorgfältig geplant und durchdacht, diese Landschaft im kleinen verkörperte Erde und Meer, den Weltenkreis, den Kosmos.

Van Reijn ging voraus. Er hätte den Sinn erklären können, der hinter allem steckte, die Symbolik: Zen und die Kunst, eine Landschaft zu gestalten. Aber er fand, das hätte noch Zeit, und schwieg.

Sibilla folgte ihm, staunend, amüsiert, und genoß dieses Bilderbuchjapan wie eine entzückte Touristin – ohne das geringste zu begreifen.

Die Dienerinnen kamen mit dem Gepäck. Der Taxifahrer in einer Art Uniform und mit weißen Handschuhen brachte die Mäntel.

Als van Reijn und Sibilla die Galerie betraten, die sich um das Haus zog, knarrten die dicken Bohlen in genau berechneten, abgestuften Tonfolgen.

Die Dienerinnen schoben die Papiertüren auseinander, und vor Sibilla öffnete sich die Halle. Wieder lief das Verbeugungszeremoniell ab. Van Reijn schlüpfte aus seinen Schuhen, Sibilla tat es ihm nach und betrat die Tatamis, die Reisstrohmatten, mit denen die große, fast leere Halle ausgelegt war, mit bloßen Füßen.

Van Reijn wandte sich um und zeigte durch die Schneise im Park hinunter zu der schwarzen Fläche, die sich bis zu den Bergen dehnte: »Der Kowaguchi-See.«

Dann blickte er hoch, schob Sibilla einige Schritte weiter, suchte einen bestimmten Blick an den riesigen Stämmen der Zedern vorbei, dort, wo ein heller Schimmer am Abendhimmel leuchtete: »Der Schnee des Fujiyama.«

Die Dämmerung hatte sich über das Land gesenkt. Tausend Lichter waren aufgeflammt wie eine Weihnachtsillumination: Die Raffinerie auf der gegenüberliegenden Seite des Sees. Der kühle Ostwind trug den Geruch nach Öl und Schwefel herüber. Von der nahen Fernstraße brach sich der Lärm an den geschwungenen Giebeln des Hauses, und der bunte, flackernde Schein am Himmel stammte vom Fuji-View-Vergnügungspark, und als es dunkler wurde, vom Drive-in-Kino auf der anderen Seite des Friedhofs.

Japans bewohnbare Fläche ist klein, die Bevölkerung groß. Altes und Neues müssen zusehen, wie sie sich auf engstem Raum miteinander vertragen.

Auch van Reijn nahm das alles wahr – aber er schenkte diesem modernen Japan keine Beachtung und ersparte sich jeden Kommentar.

Er schritt in das Dunkel der Halle.

Ein Holzkohlenfeuer brannte in einem Becken.

Eine Öllampe beleuchtete das Rollbild in einer Nische. Davor stand der Schatten eines Zweiges.

Van Reijn ließ das Jackett seines weißen Seidenanzugs zu Boden gleiten und schlüpfte in einen schwarzen Kimono, der für ihn bereitgehalten wurde.

»Und du hast das hier gekauft?« Sibilla schien der Erwerb, der ›Kauf‹ einer so fremden Welt absurd.

»Ja. Dieses Land kann man sich nicht von außen zu eigen machen. Um seine Menschen zu verstehen, muß man hineindrängen, muß man sich hier verkriechen.

Man muß in dieser Atmosphäre leben, ehe man versuchen

kann, Japaner zu werden.«

Sibilla fand dieses ernste Pathos fast belustigend. »Du willst Japaner werden?«

Van Reijn sah Sibilla an, ruhig, still, einige Augenblicke lang: »Ich habe ein Testament zu erfüllen!«

Er ging in einen Nebenraum, ließ sie stehen.

Die drei alten Dienerinnen hockten in einer Ecke der Halle, schwiegen und blickten abwartend, vielleicht auch neugierig, herüber zu Sibilla – unbewegliche Schatten vor den erleuchteten Papierwänden.

Sibilla wurde es plötzlich kalt. Sie war allein. Was sollte sie hier?

Sie hielt die Hände über das Holzkohlenbecken. Aber die Kälte kam von innen.

Raffinerie, Schnellstraße, Vergnügungspark: Das Leben der Gegenwart schien ausgelöscht, der Lärm verschluckt von dreihundert Jahre alten Balken.

Nur eine Zikade zerschnitt die Stille.

10

Das *Blaue Palais* lag im Dunkeln.

Nur hinter drei hohen Fenstern des ersten Stocks brannten die Leuchtstoffröhren mit ihrem kalten, blauen Licht. Das war Palms Zimmer, an das sich der Konferenzraum anschloß.

Dort oben hatten sich die Mitglieder des *Blauen Palais* versammelt und schwiegen.

Die Debatte war lang und heftig gewesen. Der Konflikt war weder behoben worden noch vertagt. Sie hatten nur eine Atempause eingeschoben, um sich zu erholen. Palm füllte seinen Becher mit heißem Kaffee aus dem Thermosbehälter, dann setzte er sich wieder.

»Wir haben den Vorfall, glaube ich, ausführlich diskutiert. Die Angelegenheit ist aufgeklärt, wenn auch nicht erledigt. Für den Augenblick jedenfalls, damit mich jeder recht versteht. Wir könnten zur Tagesordnung übergehen – oder besser noch, ins Bett.

Aber da ist mir noch ein Satz aus unserer Diskussion in Erinnerung geblieben. Ein Satz des Kollegen de Groot. Als ich von Disziplinlosigkeit sprach, konterte er mit ›Autoritätsanspruch‹. Das ging an meine Adresse – und dazu möchte ich folgende Erklärung abgeben:

Die Arbeit dieses Instituts basiert auf einem kollegialen Verhältnis aller Mitarbeiter untereinander ohne jede hierarchische Ordnung. Ich bin genauso Mitarbeiter und habe dieselbe Stimme wie jeder hier.

Aber man hat mir die Geschäfte dieses Hauses übertragen und damit auch die Koordination aller Einzelarbeiten. Ich versuche diese administrative Tätigkeit nach bestem Wissen und Gewissen auszuüben – nach den demokratischen Richtlinien, die wir uns selbst gegeben haben. Das soll der Entlastung der einzelnen Kollegen dienen, damit jeder ungestört seiner reinen Forschungstätigkeit nachgehen kann, unabhängig und frei von irgendwelchen Zielforderungen einer industriellen Gesellschaft, frei auch von den bürokratischen Zwängen staatlicher Institutionen.

Nur dürfen wir nicht vergessen: Zuerst muß die finanzielle Basis gesichert sein, ohne die eine sinnvolle, zukunftsgerichtete Arbeit nicht möglich ist.«

Polazzo mischte sich ein und unterbrach Palms Redefluß mit mediterranem Temperament: »Mein Gott, ja, Palm. Was soll das alles? Wir sind doch alle viel zu müde, um noch logisch zu denken. Jeroen hat Mist gebaut, Sibilla ist weg, und Sie nehmen übel.« Palm trank seinen Kaffee aus und fuhr fort, als hätte Polazzo nichts gesagt: »Ich habe unter anderem die Pflicht, die einen oder anderen Einzelinteressen dem Interesse der Gruppe unterzuordnen. Und ich habe das Recht, deutlich und unmißverständlich auf unsere Übereinkunft hinzuweisen, wenn gegen das Gesetz der Kollegialität verstoßen wird.«

Wieder fiel ihm Polazzo ins Wort: »Okay, ja. Warum so grundsätzlich? Die Frau ist abgehauen, hat ihre Ratten und ihr Programm im Stich gelassen, weil wie ein Blitz etwas in ihr Leben . . . Na ja, so ist es doch. Die ganze Emanzipation, die ganze Disziplin ist im Eimer, wenn die Gefühle sprechen, die Triebe, die Hormone . . .«

»Ich bitte dich, Enrico . . .!« Jeroen versuchte Sibilla und mit ihr die ganze Spezies ›Weib‹ in Schutz zu nehmen.

Aber Polazzo fuhr fort: »Tu nicht so, als ob du's nicht wüßtest. Alles ist Biochemie – und sonst nichts!«

»Pfui!« Das war Yvonne. Sie blickte entsetzt zu ihrem Enrico, der lachend weiterredete: »Alles Biochemie, alles! Verlaß dich darauf, mein Kind. Komm her zu mir, ja, los!« – Und als sie sich sträubte, nahm er sie liebevoll in seine Arme. »Biochemische Reaktionen. Oder was spürst du? Erhebende Gefühle, ja? – Alles Biochemie! Kommt nur auf den Standpunkt an.

Aber ich finde, es tut unseren menschlichen Regungen keinen Abbruch, wenn wir wissen, wie sie entstehen.

Ja – und weil wir gerade davon reden, verehrte Freunde . . . Wir haben eigentlich noch eine Menge vor heute abend, Yvonne und ich. Genug geredet – gute Nacht!«

Er nahm die sich sträubende Yvonne an der Hand und verließ die erschöpfte Konferenzrunde.

Als nächster stand Büdel auf und schlich zur Tür. Von dort wandte er sich abschließend an den Kreis der Kollegen: »Nur soviel: Sibilla wird ihre Erfahrungen machen und dann wieder hier auftauchen – Sie ist viel zu cool und zu sachlich, um sich von einer Affäre hinreißen zu lassen – oh, entschuldige, Jeroen.«

Aber der reagierte nicht.

Deshalb fuhr Büdel fort: »Sie wird kommen und damit Jeroen widerlegen!«

»Mich widerlegen? Wieso?«

»Ja, dich und deine abstruse Theorie: von diesem Monster van Reijn, das Gehirne frißt wie ein Kannibale. Der tut's ja auch nicht aus Hunger – sondern wegen der Kraft des Feindes, die er sich einverleibt.

Wie heißt es so schön? Ich hab' dich zum Fressen gern! Alles Kannibalismus. Bitte, vielleicht ist etwas dran, wie bei jedem alten Brauch: Der Feind wird verzehrt, der Freund, das Liebste, der Gott – na ja, das christliche Abendmahl ist ein schönes Symbol dafür.

Aber Sybilla wird heimkehren, mitsamt ihrem hübschen und genialen Kopf, unbeschädigt.

Wenn van Reijn sich diese Delikatesse entgehen läßt, ist Jeroen widerlegt. Bon soir!«

Damit verschwand er in dem spärlich erleuchteten Gang.

II

Ein riesiger Fisch aus Holz, grob geschnitzt und bemalt, hing an einer Kette von einem Balkengerüst.

Er diente als Gong.

Die Schläge mit dem Knüppel führte der Mönch mit ganzer Kraft. Ein fast metallischer Ton hallte über den kahlen Hof und brach sich in der Balkenkonstruktion der hölzernen Tempel. Eine lange Schar kahlköpfiger Mönche in schwarzen Kutten überquerte den Platz und verschwand hinter einer niederen Pforte zum Mittagsmahl.

Van Reijn und Sibilla standen inmitten einer kleinen Besuchergruppe, wanderten über sorgsam geharkte Kieswege, über Moosteppiche, über Steinwege.

Uniformierte Schulklassen kreuzten ihren Weg, voraus der Lehrer mit einer Flagge, dahinter, in langen Zweierreihen schweigend und aufmerksam, die disziplinierten Herden wohldressierter japanischer Schüler.

Kinder mit rosa Lampions bevölkerten die Tempel und Schreine, Bettler, Invaliden, Pilger in weißen Leinenkitteln, große, schwarze Schriftzeichen auf Rücken und Brust, Touristen und Besucher aus dem ganzen Land.

Sie tranken Wasser aus heiligen Quellen, warfen die Stäbe des Orakels, knoteten Horoskope an glückverheißende Zweige und Gitter, läuteten Schellen, die an langen, seidenen Kordeln hingen, klatschten in die Hände, ließen Opfermünzen in den wuchtigen Truhen aus Kampferholz verschwinden.

»Um alle Tempel Kyotos zu besuchen, reichen die Tage nicht eines Jahres.«

Van Reijn blieb stehen. Ein Mönch zog die Linien eines Sandgartens nach: das Meer, das Japan an allen Seiten umgibt. Die Felsen dazwischen: das Land. Aber das ist nur eine sehr oberflächliche Erklärung, für neugierige Ausländer gerade gut genug.

»Was weißt du von Zen?«

»Wovon?«

»Von Zen – Zen-Buddhismus . . .«

Sibilla ging weiter, die Balustrade entlang, die den Sandgarten abschirmte gegen die meditierenden Besucher.

»Eine Religion?«

Van Reijn folgte ihr.

»Nein, eigentlich keine Religion. Eine Art Selbstverwirklichung durch Kontemplation, mystische Versenkung, Einswerden mit dem Welturgrund, mit Himmel und Erde – wir würden sagen mit dem Kosmos, dem Universum. Die Chinesen sagen ›Tao‹ – der Weg. Weg aller Wege.«

Sie hatten einen Nebenhof erreicht, umschlossen von Gebäuden, abseits vom Gedränge der Pilger und Besucher. Ruhe herrschte hier, erhabene Stille.

»Satori – die intuitive Erleuchtung des Geistes: Das ist das Ziel aller Selbstversenkung, beim Betrachten, beim Bogenschießen, bei der Tuschmalerei. Das ist Zen. Hier.«

Ein großer Raum, geöffnet zum Hof, zum Garten.

Gedämpfte Helligkeit fiel auf eine der Wände – auf ein Bild. Ein großes, mehrteiliges Bild. Tuschmalerei im Stil des Zen, eine Komposition von nur wenigen Pinselstrichen: Der Fuji – der heilige Berg.

Auf dem Boden des Raumes, auf den Tatamis, hockten schweigend zehn oder zwölf Männer – Mönche, Intellektuelle, Bauern, Arbeiter, Studenten. Junge Leute und Greise. Sie wendeten die Augen nicht von dem Bild.

Sibilla betrachtete die Männer, fasziniert und neugierig. Aber van Reijn berührte kurz ihre Schulter und schüttelte den Kopf, wies auf das Bild.

Nichts sonst war wichtig in diesem Raum – nur das Bild. Langsam glitt van Reijn zu Boden, ohne das Bild aus den Augen zu lassen.

Sibilla beobachtete ihn und setzte sich ebenfalls.

Draußen im hellen Licht des Frühlingstages zirpten Grillen, irgendwo plätscherte ein Brunnen und kündete vom Verrinnen der Zeit. Sibilla versenkte sich in das Bild: Ein Kiefernzweig rankte sich vor den verschneiten Berg, Schriftzeichen in ihrer strengen Kalligraphie fielen wie durch Nebel, endeten in einem roten Siegel.

Sibilla hatte vergessen, wie lange sie da saßen. Sie hatte jedes Zeitgefühl verloren. Sie ahnte, was hier vor sich ging, was mit ihr geschah und den anderen, und konnte es weder erklären noch begreifen.

»Das war ein Bild von Mizuguchi«, sagte van Reijn, als sie den dämmrigen Raum verlassen hatten.

»Ein altes Bild?« wollte Sibilla wissen.

»Nein. Es ist sicher eines seiner letzten. Mizuguchi lebt noch. Und er malt nur den heiligen Berg, den Fuji, nichts anderes.

Seit über fünfzig Jahren, oder noch länger, nur den heiligen Berg. Ein Leben lang.

Oft sitzt er tagelang und wartet, daß die Wolken den Gipfel freigeben. Und dann wartet er noch auf ›Satori‹, auf die Erleuchtung.

Und eines Tages, so hofft er, wird er die absolute Vollkommenheit erreichen, wird er selbst der Berg sein aller Berge und ihn begreifen.«

Sie hatten einen schmalen Steg erreicht, der einen Abgrund überquerte. Sibilla ging voraus.

Van Reijn fuhr fort: »Mizuguchi ist alt. Vielleicht wird die absolute Vollkommenheit seiner Bilder, die er erträumt, erst nach seinem Tod entstehen – wer weiß.«

Sibilla war seltsam berührt, blieb stehen.

»Ich möchte zurück –möchte das Bild noch einmal sehen . . .«

Aber van Reijn schüttelte den Kopf. Er schob sie weiter über den Steg, und dann fragte er sie:

»Möchtest du so malen können wie Mizuguchi?«

»Ich?« Sie schaute ihn an. »Ja, warum nicht, wenn man das lernen kann?!«

»So zu malen kann man nicht lernen. Man kann es sich nur wünschen. Vielleicht geht es in Erfüllung.«

Reijn hatte das ernst gesagt, todernst, geradezu unheimlich. Sibilla mußte lachen, aber Reijn führ unbeirrt fort: »Fünfzig Jahre oder sechzig – immer das gleiche Motiv. Keiner von uns hätte diese Zeit, diese Ruhe. Ich fürchte, auch Zen können wir nicht erlernen – mit unseren nervösen Fingern, unserem unruhigen Gehirn. Man kann es sich nur wünschen.«

Rauch stieg aus einem großen Metallgefäß.

Pilger warfen beschriebene Papierstreifen auf die Glut der Räucherstäbchen. Sie hielten die Hände über den Rauch, rieben sie über das Gesicht, über die Kleider, den Körper. Van Reijn schob Sibilla durch die Menge, näher an diese Urne heran.

»Hier gehen Wünsche in Erfüllung. Man schreibt sie auf Papier und verbrennt es. Und dann verreibt man den Rauch – dort, wo der Wunsch wirken soll.

Dann wirft man Münzen in die Truhe, läutet die Glocke, klatscht in die Hände, macht Götter und Geister auf seine Wünsche aufmerksam.«

Fasziniert, aber auch leicht belustigt betrachtete Sibilla die Szene. Münzen klingelten durch das Gitter der Truhe, scheppernd klang die Glocke. Schulmädchen und Greise klatschten in die Hände und senkten den Kopf.

»Komm mit!«

Van Reijn ging voraus zu einem Schreiber, der in einer Ecke

des Raums auf dem Boden vor einem Tischchen saß und mit schnellen, geschickten Pinselstrichen seinen Kunden krause Schriftzeichen auf Papierstreifen malte.

»Hast du einen Wunsch?«

Reijn sah Sibilla fragend an.

»Ich weiß nicht.«

»Denk nach. Jeder von uns hat Wünsche.«

Er wandte sich an den Schreiber und bestellte für sich einen Streifen. Der Pinsel tanzte über das Papier. Sibilla sah zu.

»Was hat er geschrieben?«

»Meinen Wunsch.«

»Ja?«

»Ein Geheimnis.«

Van Reijn legte einige Münzen auf den niederen Tisch, nahm den Zettel, betrachtete ihn lange, in Gedanken versunken.

Dann wandte er sich an Sibilla: »So, jetzt kommst du. Was wünschst du dir?«

Sibilla schüttelte den Kopf und lächelte ihn an: »Das ist *mein* Geheimnis!«

»Gut, sag es ihm!«

Van Reijn wandte sich diskret ab. Sibilla wartete einen Augenblick, dann fragte sie den Schreiber:

»Do you speak English? – No?«

Der Schreiber schüttelte den Kopf, winkte ab.

»You can understand me, dou you?«

Aber sie hatte keinen Erfolg.

Van Reijn kam zurück und sprach auf japanisch mit dem Schreiber. Der nickte, wieder huschte der Pinsel über das Papier. Van Reijn bezahlte und überreichte Sibilla den Streifen.

»Dein Wunsch.«

»Du kennst ihn doch gar nicht.«

»Ich hab' ihn erraten: Du willst genauso perfekt Japanisch sprechen wie ich. Stimmt's?«

Van Reijn nahm sie bei der Hand und zog sie durch die Menge, zu der rauchenden Urne mitten auf dem Platz.

Eine Pilgergruppe schwenkte metallische Rasseln und hatte einen monotonen Singsang angestimmt. Mit großen Pinseln malten sie sich gegenseitig Zeichen auf den Rücken.

Van Reijn versuchte, sich hindurchzuzwängen, aber der Andrang der Pilger war zu groß.

»Mich faszinieren Sprachen: Arabisch, das Ketschua der Indios, Hindustani . . .«

Sibilla unterbrach ihn: »Wann hast du das alles gelernt?«

Van Reijn zögerte mit der Antwort.

»Akzentfrei lernt man eine Sprache nur von einem, der sie als Muttersprache . . . Oder man wünscht es sich einfach – und bekommt es geschenkt . . .!«

»Geschenkt . . .?!« Es war schwer für Sibilla, sich bei allem, was sie ahnte und fühlte, weiterhin unbeschwert zu geben.

Jeroens Hypothese, sein Verdacht, der Singsang der Pilger, das exotische Ritual, dieser Mann neben ihr – das alles ließ sie erschaudern.

Van Reijn bemerkte es nicht. Er fuhr fort: »Man muß üben, natürlich. Aber man lernt diese Dinge wie im Schlaf, wenn man . . . wenn man etwas in sich hat, was schon immer Teil dieser Dinge war. Verstehst du? Nein? Komm mit!«

Die Pilger waren abgezogen. Da schob van Reijn Sibilla dicht an das rauchende Gefäß.

Er warf seinen Papierstreifen hinein, auf die Glut. Rauch wölkte hoch. Van Reijn hielt seine Hände darüber, fuhr sich über die Stirn.

Er war sehr ernst geworden.

Sibilla blieb unentschlossen, sie zögerte noch.

Es schien ihr peinlich.

Die Japaner starrten sie an, nicht unfreundlich, nur unendlich verwundert. Die einzigen Fremden hier in diesem kultischen Bezirk, ein hochgewachsener Mann mit grauer Mähne und markanten Gesichtszügen und eine Frau mit weißer Haut, mit rotblonden, zerzausten Haaren. Die beiden spielten ein Spiel aus einer anderen Welt. Sibilla warf endlich ihren Streifen ins Feuer, sah ihn verglimmen, verbrennen.

»Hände in den Rauch, komm!«

Sie sah ihn an. Da nahm er ihre Hände, hielt sie über das qualmende Gefäß und drückte ihr die Fingerspitzen gegen die Stirn. Er lächelte ihr zu: »Verreib den Rauch!«

Sie schaute ihn mit großen, verwunderten, ängstlichen Augen an – und gehorchte.

Dann folgte sie ihm weiter durch die Menge.

Münzen fielen durch das Gitter – die Glocke schepperte – Händeklatschen – Senken des Kopfes:

Ein Vater spielte ein Kinderspiel mit seiner erwachsenen Tochter.

12

Ein Rudel Ratten flüchtete in Panik in die entlegenste Ecke des Käfigs. Die Tiere drängten sich gegen die Stäbe des Gitters und antworteten auf das Schnarren einer Klingel mit schrillem, ängstlichem Quieken.

Die Klingel verstummte.

Jeroen betätigte die Futterklappe und redete beruhigend auf die Tiere ein.

Langsam kamen einige wieder nach vorn, witterten mißtrauisch, richteten sich auf den Hinterfüßen auf, hatten Hunger, aber keinen Mut.

»Herr Kühn!« Jeroen rief hinter sich in den Raum. »Kommen Sie her, so geht das nicht!«

»Bin ja hier, hab' ja alles gesehen.« Paul Kühn war der Hausmeister des *Blauen Palais.* »Bin sehr beeindruckt, Herr Doktor de Groot.« Der ältere, untersetzte Mann meinte es ehrlich. »Wirklich sehr beeindruckt. Mit den Viechern könnten Sie im Zirkus auftreten, wenn Sie die nicht immer schlachten würden, in den besten Jahren, sobald sie ihre Lektion gelernt haben.«

»Herr Kühn, darum geht's doch gar nicht. Das Problem ist: Gleichzeitig mit dem Alarm muß das Futter in den Käfig. Gleichzeitig. Nicht nacheinander. Aber ich schaffe das nicht allein. Ich hab' nur zwei Hände.«

»Würde Ihnen ja gern behilflich sein, Herr Doktor de Groot, bei Ihren Versuchen. Aber ich muß runter ins Laser-Labor. Herr Palm wartet seit zwei Stunden auf den Einbau des Interferometers, der heute morgen gekommen ist.«

»Heute morgen? Ich denke, meine Reihe genießt Priorität? In zwei Wochen soll ich Erfolge vorweisen, damit das Geld vom Kuratorium wieder sprudelt. Aber wie ich mich allein und ohne jede Hilfe da durchwursteln soll, das erklärt mir niemand.«

»Ich bau Ihnen was, Herr Doktor de Groot. Ein Relais, das auf Lärmimpuls anspricht, eine vollautomatische Sache. Das ist nicht besonders schwer zu konstruieren. Eine Feder mit Auslösung – und hier – wenn Sie ziehen . . .«

»Nicht zu kompliziert, bitte.« Jeroen hatte da gewisse Bedenken. »Diese Versuchsanordnung ist nur eine unter vielen. Spätestens nächste Woche muß ich umstellen auf Dunkelangst. Da, jetzt haben sie sich wieder beruhigt.«

Einträchtig hockten die Albinoratten um den Futternapf und fraßen.

»Und damit ist die Reihe bereits schiefgelaufen, die Arbeit von fünf Nächten war umsonst. Sie fressen – und es herrscht Ruhe im Land. Die ganze Gruppe ist verdorben . . . Es ist zum Wahnsinnigwerden!«

»Sie haben ja so recht, Herr Doktor de Groot.« Herr Kühn setzte seine traurigste Miene auf, knöpfte seinen grauen Arbeitsmantel zu und hockte sich auf eine Kiste. »Sie haben nicht zufällig 'n Bier hier oben, Herr Doktor de Groot?«

»Nein. Nur Milchbrei mit Spurenelementen und Vitaminen.«

»Aha.«

»Die Nährlösung für die Rattenbabys. Waren Sie schon auf der Post, Herr Kühn?«

»Natürlich.«

»Und?«

»Nichts dabei für Sie.«

Jeroen nahm die Ratten einzeln an den Schwänzen aus dem

Laufkäfig und setzte sie wieder in ihre Einzelzellen. »Ach ja, Herr Doktor«, Kühn stand wieder auf und ging zur Türe, »der Alte meinte, Sie sollten bei Gelegenheit, wenn Sie Zeit haben, irgendwann mal, vorbeischauen bei ihm.«

»Ach, sauer, weil mein Bericht noch nicht raus ist an das Kuratorium. Ich kann schließlich nicht hexen!«

»Ja, das weiß er ja.«

Der Plastikvorhang der Schleuse wehte Herrn Kühn um die Ohren.

»Es geht wohl mehr um das Telegramm – aus Tokio.«

Jeroen reagierte rasch. Ein kurzer Blick zu Kühn. Die letzte Ratte blieb im Laufkäfig, die Gitterklappe schlug zu, Jeroen rannte los, riß den Vorhang zur Seite, warf sich gegen die Feuertür und verschwand im Treppenhaus.

Als er das Tor zum Hof erreicht hatte, zögerte er. Es regnete in Strömen. Aus dem verrotteten Regenrohr quoll das Wasser und bildete einen braunen, lehmigen See. Der Wind trieb Blasen darüber hin.

Mit langen Sprüngen lief Jeroen hinüber zum Portal des Palais.

Palm saß mit Klöpfer im neuen Laser-Labor, das im ehemaligen Weinkeller des Palais untergebracht war.

Bis auf einen kräftigen roten Strahl, der sich in den Prismen und Linsen der optischen Bank brach, war der Raum total verdunkelt. Die beiden Männer beugten sich dicht über eine Mattglasscheibe, auf der mit Bleistift dünne Linien aufgezeichnet waren. Hier endete der Strahl des Rubin-Lasers, aufgefächert in verschieden helle Zonen.

Da öffnete sich die Tür hinter ihnen. Das grelle Licht aus dem Kellergang fiel für Sekunden in das dunkle Labor. In der Tür tauchten die Umrisse von Jeroen auf.

»Tür zu!« Palm hatte sich umgedreht und Jeroen erkannt. Klöpfer nahm zuerst nicht weiter Notiz von ihm. Er schraffierte mit seinem Bleistift die toten Zonen nach: »Hier – das Spektrum . . . es ist schwer zu erkennen – etwa hier . . .«

Aber dann resignierte er, fuhr sich über die Augen und nahm

die Brille ab.

»Es ist doch zum Kotzen! Ich bin völlig geblendet! Wozu hängt draußen ein Schild an der Tür *NICHT EINTRETEN*, wenn trotzdem jeder hier hereinlatscht?!«

Jeroen hatte sich nach vorn getastet. Sein regennasses Gesicht glänzte rot vom Widerschein des Laser-Lichts.

»Ich suche Herrn Palm.«

»Ja, ich bin hier.«

Die Stimme aus dem Dunkel leitete Jeroen einige Schritte weiter. Er stieß ein Abdeckrohr um, das am Boden stand und nun scheppernd davonrollte.

»Bleiben Sie doch stehen, mein Gott! Sie sind ja völlig durchnäßt. Bleiben Sie stehen und rühren Sie nichts an.«

Klöpfer war höchst ärgerlich. Seine cholerischen Ausfälle waren berühmt und beruchtigt.

Er konnte und wollte sich nicht beruhigen: »Man braucht über zehn Minuten, bis man sich an die Dunkelheit hier gewöhnt hat und die Interferenzen wahrnehmen kann – und dann reißt einer einfach die Tür auf.«

»Entschuldigung.« Jeroen wagte kaum mehr zu atmen in diesen geheiligten Arbeitsräumen der Konkurrenz.

»Sie haben ein Telegramm erhalten, aus Japan?«

»Ja, das ist richtig. Gestern abend bereits.«

Jeroen wagte wieder einen Schritt in Palms Richtung. »Ich hab' es erst jetzt erfahren. Herr Kühn sagte, ich sollte sofort zu Ihnen . . .«

»So dringend wäre es auch wieder nicht gewesen.«

»Ich warte seit drei Wochen!«

»Es ist kaum die Nachricht, die Sie erwarten.«

»Haben Sie das Telegramm hier?«

»Oben, auf meinem Schreibtisch.« Palms Ruhe und Überlegenheit heizte Jeroens Nervosität weiter an.

»Ich kann es mir holen. Yvonne wird so freundlich sein . . .«

»Nein. Bleiben Sie hier.« Palm hielt Jeroen zurück, der bereits auf dem Weg zur Ausgang war.

»Sie wissen doch: Ich hatte angefragt, bei Sukashi und Barnell im Institut, in Tokio. Aber bis gestern hat sie sich nicht gemeldet. Das ist der ganze Inhalt des Telegramms.«

Jeroen fuhr sich mit dem Ärmel über das Gesicht.

»Ich begreife das nicht. Sie wollte sofort nach ihrer Ankunft . . .«

»Sie wollte – aber sie hat es nicht getan.«

Palm lehnte sich zurück. Klöpfers Geduld hingegen war offensichtlich zu Ende.

»Können wir weitermachen, oder ist das alles im Augenblick wichtiger?«

Jeroen tastete sich zur Tür zurück, als Palm versuchte, die Diskussion mit einer versöhnlichen Bemerkung zu beenden:

»Wir sprechen nach Tisch weiter, Herr de Groot. Oben in meinem Zimmer. Ich möchte wissen, wie Sie sich den weiteren Verlauf der Dinge vorstellen.«

»Sie sprach von Kyoto. Ich habe keine Ahnung, wo man da anfragen kann oder wen man beauftragen sollte. Das Konsulat vielleicht?«

Palm unterbrach ihn: »Ich meinte Ihre Versuchsreihe, Ihren Bericht.«

»Muß nur noch abgeschrieben werden. Und die Grafiken . . .«

Da schaltete Klöpfer die Anlage kurzerhand ab. Das rote Laserlicht verlöschte. Und aus der Finsternis kam Klöpfers Kommentar: »Ich habe Zeit, bitte. Die ersten Ergebnisse liegen frühestens in einem Jahr vor. So oder so. Andere Dinge gehen vor, das sehe ich ein. Bitte. – Ich spare Strom, und Sie reden weiter.«

Palm versuchte den Faden wiederaufzunehmen: »Ich habe Manzini informiert, den Gehirnchirurgen. Er präsidiert dieses Jahr dem Kuratorium – und er hat großes Interesse. Bereits nächste Woche wird er hier erscheinen, zusammen mit den Herren vom Ausschuß. Sie wissen ja . . .«

»Ja ja, ich weiß – unser Etat!«

Jeroen hielt sich krampfhaft an der Klinke fest. Der Raum lag in völliger Dunkelheit.

»Ja. Und deshalb muß Ihr Bericht morgen früh hinaus.«

Palm entschied, wenn sich ihm die Chance dazu bot, eben doch autoritär.

Jeroens Einwand klang dementsprechend zaghaft: »Meine Erfolge sind auch die von Frau Jacopescu. Ich kann nicht in ihrer Abwesenheit . . .«

»Sibilla hat sich selbst beurlaubt. Ohne Rücksprache mit mir!«

Palm wandte sich an Klöpfer:

»Schalten Sie wieder ein. Wir machen weiter.«

Das rubinrote Licht flammte auf.

Jeroen unternahm einen letzten Vorstoß:

»Es tut mir leid – nur ohne Sibilla kann ich nicht . . .!«

Für Palm war der Fall jedoch erledigt.

»Wenn der Etat nicht neu bewilligt wird, können wir zumachen – mit oder ohne Sibilla.«

13

Die Wände zum Park standen offen.

Der leichte Wind bewegte die Bronzeglöckchen draußen an den Balken und verjagte die Wintergeister. Er trug den Duft von tausend Blüten ins Haus.

Sibilla und van Reijn saßen auf dem Boden vor dem niederen Lacktisch beim Essen.

Hana, die Dienerin, bediente sie kniend.

Sie legte Sashimi, dünne Scheiben von drei Sorten roher Fische, auf den gesäuerten Reis, stellte kleine gelbe Tofu-Würfel, Sojabohnenquark, daneben und zu seltsamen Formen geschnittene Daikonscheiben. Daikon, japanischer Rettich, war zu dieser Jahreszeit eine seltene, kostbare Rarität. Van Reijn erklärte Sibilla die einzelnen Speisen und was sie bedeuteten. Er zeigte ihr den richtigen und maßvollen Gebrauch der verschiedenen Dips, würziger Soßen, die in kleinen, bunten Lackschälchen vor ihnen standen und in die man die einzelnen Bissen eintauchen konnte, bevor man sie mit den Stäbchen zum Munde führte.

Für Sibilla waren diese Mahlzeiten ein albernes, steifes Zeremoniell. Auch die Metamorphose van Reijns, wie er aufrecht und ernst in seinem schweren, seidenen Kimono mit gekreuzten Beinen vor dem Tischchen saß, den Reis mit kostbaren Elfenbeinstäbchen jonglierte, den antiken Becher mit grünem Tee in genau abgezirkelten Gesten ergriff und leerte, das alles fand sie zunehmend lächerlich.

Sie sah immer weniger Sinn in dieser Verkleidung, hinter der der vermutete geniale Biochemiker völlig verschwunden war. Eine Marotte – weiter nichts. Ein Spleen. Genauso albern und dumm wie die Maskerade ihrer Studienkolleginnen damals in Paris, die sich das Haar mit Henna rot färbten, sich in indische Gewänder hüllten und nach Goa trampten, um ihre Neurosen mit östlicher Mystik zu kurieren.

Was, bitte, kurierte van Reijn?

Ein Schauspieler, der eine exotische Rolle studierte – das hätte ihr noch eingeleuchtet. Aber für welche Rolle in welchem Stück hatte van Reijn sich verwandelt? – Und welche Rolle spielte sie?

»Ich habe eine Bitte.«

Van Reijn unterbrach das Ritual des Mahls, das stets schweigend zelebriert wurde, sobald die notwendigen Erklärungen gegeben worden waren.

»Wirst du sie mir erfüllen?«

Sibilla lächelte ihn skeptisch an: »Ich soll dir etwas versprechen? Einfach so – so blanko? Was ist es?«

Reijn sagte ein paar Worte zu Hana, die sich verneigte, aufstand und verschwand.

»Warum schickst du sie weg? Ist es so schlimm? Sie versteht uns doch nicht.«

Van Reijn wischte sich mit dem Tuch über das Gesicht, säuberte sich die Hände.

»Sie holt etwas.«

In das nun folgende Schweigen klingelten die Glöckchen, zirpten die ersten Grillen in den Büschen am Haus. Die Wintergrillen in ihren geschnitzten, kleinen Käfigen antworteten aus einer Ecke der Halle.

Hana kam zurück.

Sie trug vorsichtig ein mehrfach und sorgsam zusammengelegtes Paket aus weißer Seide. Aus einer der Falten leuchtete ein zinnoberrotes Ornament.

Die zweite Dienerin erschien. Beide knieten sich auf den Boden, rechts und links von dem Seidenpaket, und warteten. Sibilla wurde aufmerksam.

»Was ist das?«

Ein Wink von van Reijn.

Die Dienerinnen verneigten sich, standen auf.

Das Seidenpaket wurde entfaltet.

Auf schneeweißer, schwerer Seide leuchtete ein roter Phönix, der aus den Flammen stieg.

»Ein Kimono. Bitte, leg ihn an. Midori wird dir dabei helfen.«

Sibilla wußte, daß letzten Endes jeder Widerstand sinnlos war. Sie war verstrickt in eine ihr unbekannte, immer unheimlicher werdende Geschichte. Die Rolle, die ihr zugedacht war, an der sie eben noch herumrätselte, begann Gestalt anzunehmen. Das Kostüm, zumindest, war für sie bereit! Noch wehrte sie sich, um nicht das Gesicht zu verlieren: »Ich bin Europäerin. Das paßt nicht zu mir.«

»Es wird passen!«

»Eine Verkleidung, eine Maskerade. Es ist albern . . .«

»Bitte!«

Aber es war keine Bitte mehr. Sie war mitgekommen, sie hatte sich zu fügen.

Doch van Reijn ließ sich wenigstens noch zu einer Mitteilung herbei, die ihr den Schauder einer vagen Ahnung über den Rükken jagte:

»Wir bekommen Besuch. In einer Stunde. Den Maler Mizuguchi!«

14

Mit langsamen, kleinen Schritten näherte sich ein Mann dem sich öffnenden Tor. Ein abgewetzter, schwarzgrauer und viel zu weiter Kimono umhüllte die zierliche Gestalt: ein altersloser Greis mit schütteren, schwarzen Haaren, die braune Haut faltenlos über den schmalen Schädel gespannt.

Mizuguchi betrat das Anwesen des Herrn van Reijn.

Die Dienerinnen verneigten sich, Mizuguchi dankte. Das riesige Tor schloß sich knarrend hinter dem winzigen Mann.

Er schleppte ein Bündel mit sich: Eingeschlagen in ein blaues Tuch vier lange, schmale Kästen aus Balsaholz. Er gab sie nicht aus der Hand.

Oben, an der Galerie des Hauses, erwarteten van Reijn und Sibilla ihren Gast.

Der Kimono, den sie angelegt hatte, leuchtete wie Schnee. Und der Phönix entstieg den Flammen.

Mizuguchi hatte den Park in unendlicher Ruhe durchquert. Er war über Brücken und Treppchen gestiegen, war den Windungen des Steinplattenweges gefolgt.

Jetzt stand er vor dem Haus und blickte nach oben. Van Reijn verbeugte sich tief. Ein Zeichen zu Sibilla. Die neigte leicht den Kopf, gehemmt, angelernt.

Da faßte van Reijn sie am Nacken. Mit festem Griff drückte er sie nach vorn, zwang sie zu einer Geste der Unterwerfung, hielt ihren Kopf tief gebeugt. Der Gast erwiderte den Gruß mehrmals, während er näher trat, bis er schließlich die Stufen des Hauses erreichte. Van Reijn lockerte seinen Griff, Sibilla richtete sich auf: ein versteinertes Gesicht, voller Haß, gedemütigt, zu einer Erniedrigung gezwungen.

Mit bloßen Füßen wanderte Mizuguchi durch die Halle. In einer Ecke glitt er zu Boden, begann das Bündel zu öffnen. Van Reijn und nach ihm Sibilla knieten sich ihm gegenüber auf die Matten.

Der erste Holzkasten wurde geöffnet, der Deckel säuberlich daruntergelegt. Mizuguchi nahm die Bildrolle heraus, löste den Knoten der beiden Bänder, hielt sie van Reijn entgegen.

Der ergriff das runde Querholz, hielt es fest, während Mizuguchi das Bild entrollte: Wolken, mit wenigen Pinselstrichen hingezaubert – darüber der Kegel des Fujiyama.

Die Striche waren von einer unglaublichen Leichtigkeit. Sie begannen mit einem kräftigen Andruck des Pinsels, verjüngten sich, schwebten davon, folgten der einzig möglichen Linie, bildeten die einzig mögliche Kontur und endeten wieder nachdrücklich und bestimmt. Da war kein Zaudern zu spüren, keine Korrektur. Das Bild war von einer unmittelbaren Selbstverständlichkeit, die verblüffte.

Van Reijn schien tief gerührt.

Er saß starr und unbeweglich, während er das Bild und Mizuguchi ihn betrachtete.

Sibilla hatte sich nach vorn gebeugt, blickte van Reijn über die Schulter und versuchte hinter das Geheimnis zu kommen, das van Reijn förmlich zu berauschen schien.

Ihr Zorn war verflogen.

Der alte Mann mit dem leisen, sanften Lächeln, seine Ausgeglichenheit und Ruhe, die Klugheit und Güte seiner Augen, die Bescheidenheit, mit der er hinter seinen Bildern zurücktrat, sein Schweigen, während er sein Werk sprechen ließ – das alles berührte sie viel tiefer, als sie im Augenblick wahrhaben wollte.

Sie spürte eine Zuneigung zu diesem Menschen, die sie in dieser Form noch nie empfunden hatte.

Er sah sie an, sie fühlte sich ertappt und lächelte. Und er lächelte zurück.

Dann bemerkte er in van Reijns Blick Spuren einer Irritation. Mit raschen, geschickten Drehungen seiner schmalen, fleckigen Hände rollte er das Bild wieder zusammen.

Es folgte ein zweites: Ein Ast ragte vor den Berg aller Berge, ein kahler Ast mit aufbrechenden Knospen.

Ein drittes: Blütenzweige, der Gipfel spiegelte sich in einem See, ein Boot verbreitete Wellen um sich.

Ein viertes und letztes: Schnee. Schnee über dem Land, über dem Berg, Gräser, die sich im Schneewind bogen.

Immer noch Schweigen – Betrachten – Kontemplation. Auch Mizuguchi war plötzlich in den Anblick dieses letzten Bildes versunken.

Die erstarrte Landschaft, der Winter, der Tod ...

Van Reijn löste sich langsam aus seiner Verzückung. Er hob den Blick, betrachtete den alten Mann ihm gegenüber, die straffe, jugendliche Haut des Gesichtes, den Schädel, der diese Meisterschaft, Gefühle, Gedanken, diese Weisheit in sich barg ...

Da begegnete ihm der Blick des Greises, und der Zauber war gebrochen.

Mizuguchi packte die Rollen wieder in die Kästen, mit der gleichen Ruhe, der gleichen Gelassenheit und Akuratesse, mit der er sie hervorgeholt hatte. Er schnürte sie zum Bündel zusammen, erhob sich, verneigte sich und ging.

An der Treppe des Hauses schlüpfte er in seine hölzernen Sandalen, und bevor er sich zum Gehen wandte, bevor er über Steinplattenweg, Brücke und Treppchen, zwischen Stämmen und Büschen und schließlich durch das riesige Zedernholztor verschwand, erwiderte er das Abschiedsritual seiner Gastgeber: die tiefe Verneigung. Diesmal verneigte sich Sibilla aus eigenem Antrieb, ohne fremden Zugriff, ohne Zwang.

»Er hat kein Wort gesagt.«

Sie richtete sich auf.

»Was soll er sagen, wenn seine Bilder sprechen?«

»Er hat keines dagelassen. Er hätte ja fragen können, ob du eines behalten willst.«

»Behalten?«

»Kaufen ...«

Van Reijn wandte sich zurück zum Haus.

»Mizuguchi verkauft seine Bilder nicht.«

»Und wovon lebt er?«

»Er malt sie – davon lebt er. Er zeigt sie her – davon lebt er. Und er lebt davon, daß er Mizuguchi ist.«

Van Reijn war in das Dämmerlicht der Halle zurückgekehrt.

Sibilla war ihm gefolgt: »Und er verschenkt auch keines?«

»Nein. Wie kann man die Gottheit, den Urgrund der Welt, sich selbst – wie kann man das alles, wenn man es erfahren hat, verschenken?«

15

Ein schwarzer Mercedes fuhr durch das Parktor, ein zweiter, ein dritter folgten.

Sie hielten vor dem Portal des *Blauen Palais.*

Dort stand Palm schon bereit, um die Begrüßung nach europäischem Ritus zu zelebrieren.

Neun Herren entstiegen den Wagen, in dunklen Mänteln und mit nichtssagenden Krawatten. Schwarze Hüte wurden gezogen. In der linken Hand das obligatorische schwarze Köfferchen, die rechte frei für die seltsame Übung, sich die Hand zu schütteln.

Belanglose Höflichkeitsfloskeln wurden getauscht. »Herzlich willkommen im *Blauen Palais* ... Schön, daß Sie sich wieder einmal die Zeit genommen haben ... Das Vergnügen ist wirklich ganz auf unserer Seite ... Sie werden überrascht sein ... Wir werden sehen ... Erstaunliche Erfolge, wirklich ... Kommen Sie doch herein, wir gehen zuerst nach oben.«

Manzini, ein bulliger Romane mit grauen Schläfen, nahm Palm für eine kurze Bemerkung zur Seite: »Ihre Andeutungen waren äußerst vielversprechend. Aber auch in diesem Fall gilt unser Grundsatz: Es geht immer in erster Linie um den praktischen Nutzen, den praktischen Wert – bei allem Idealismus!«

»Wir hatten eine zweckfreie Forschung vereinbart, Herr Kollege.«

Palm fand ein klärendes Wort in diesem Zusammenhang für dringend nötig. Manzini nickte.

»Richtig! Aber ich bin genauso im Zugzwang wie Sie. Ich garantiere Ihnen Narrenfreiheit, und Sie liefern mir zweimal im Jahr eine Schau, um mögliche Profitinteressen der Herren von der Wirtschaft zu befriedigen.«

»Oder ich liefere Ihnen ganz einfach Sensationen. Wie wäre das?«

Manzini trat nahe an Palm heran und nahm ihn beim Revers seines Jacketts: »Ich fände es vorzüglich. Aber ich bezweifle, daß Ihnen das heute gelingt!«

Die Mitarbeiter des Palais standen im Souterrain des Gebäudes, in der alten, hochherrschaftlichen Küche, und verfolgten durch das schmale, vergitterte Fenster den Aufmarsch der Herren Finanziers.

Klöpfer hatte sich ein Fertigmenü aus der Kühltruhe gefischt und schob es gerade in den HF-Herd.

»Als ob man nichts anderes zu tun hätte. Dabei geht es doch nur um Erfolgsmeldungen der anderen Fakultät. Was interessiert mich Biochemie?«

Büdel wühlte in den tiefgefrorenen Päckchen.

»Es geht um den Gesamtetat für alle Abteilungen.«

»Manzini ist Biochemiker«, konterte Klöpfer.

»Falsch. Er ist Neurochirurg. Gehirnspezialist!« Büdel wußte es besser.

»Ja, und die anderen sind Verwaltungsleute. Da hat sich noch nie einer für meine Arbeit interessiert.«

Rivalität war ein ernstes Problem für Klöpfer. Er hatte auch schon die Generation, die man heutzutage aktiv in der wissenschaftlichen Arbeit findet, um etliche Jahre hinter sich gelassen.

Das Kontroll-Licht am Herd verlöschte, ein Klingelzeichen ertönte. Klöpfer schob das heiße Fertiggericht in der Aluminiumfolie auf sein Tablett und ging.

Yvonne kam in die Küche, holte sich ein Joghurt aus dem Kühlschrank. Zur Zeit hatte sie wieder ihren Diät-Fimmel. Sie gab den aktuellen Lagebericht:

»Alle sind oben bei Palm, prüfen die Bücher. Und warten auf Jeroens Sensation.«

Der stocherte ohne rechten Appetit in seinem Essen herum.

»Nicht einschüchtern lassen. Nur nicht einschüchtern lassen. Ich esse erst mal in aller Ruhe!«

Büdel blickte hoch, rückte seine Brille zurecht und grinste: »In Ruhe – ich lach' mich tot!«

Polazzo warf die tiefgefrorenen Menüs in die Truhe zurück.

»Gulasch mit Spätzle – Gulasch mit Spätzle – Gulasch mit Spätzle ... Es muß doch noch etwas anderes zu finden sein als Gulasch mit Spätzle.«

Yvonne versuchte ihn zu beruhigen.

»Gib auf, die nächsten zehn Tage gibt's nichts anderes. Vielleicht geh' ich morgen und kauf' was ein, koche etwas Frisches, ja?«

»Ja, oder Mister Wong, wie wär's, Sie beglücken uns mal wieder mit Ihren Künsten?«

Wong war Polazzo geradewegs in die Arme gelaufen.

»No money – kein Geld!«

»Hören Sie mir auf mit Geld! Ihr Chinesen kocht dreitausend Jahre länger als wir. Und ihr habt auch nicht nur fette Jahre erlebt! Wie ging es denn bei der Prüfung Ihrer Bücher?«

»Dauert noch, dauert. Aber kein money, kein Geld!«

Er schob sein *›Gulasch mit Spätzle‹* in den Herd und drückte das Programm.

Büdel versuchte, dem Automaten einen Becher voll Kaffee zu entlocken. Aber der reagierte erst auf zwei gezielte Faustschläge.

»Seid glücklich, Freunde, über Gulasch mit Spätzle, über den unbegrenzt fließenden Kaffee. Ich seh' uns alle schon den Park umgraben und Kartoffeln pflanzen – wenn es Jeroen nicht gelingt, die Herren vom Ausschuß von unserer Genialität zu überzeugen.«

Die Herren vom Ausschuß versammelten sich eine halbe Stunde später in der Halle.

Manzini nahm in der ersten Reihe Platz, nachdem er die Mitarbeiter des Palais einzeln begrüßt hatte.

Die anderen standen noch zwanglos zwischen den Kollegstuhlreihen und unterhielten sich, bis Palm zwanglos die Sitzung eröffnete.

»Vorzustellen brauche ich ja niemanden. Professor Manzini und seine Kollegen vom Ausschuß des Kuratoriums sind gekommen, um sich über unsere Arbeit und unsere Erfolge zu informieren. Herr de Groot wird als erster über Versuchsreihen berichten, die er gemeinsam mit seiner Kollegin, Frau Jacopescu, in den letzten Monaten . . .«

Da hielt sich Manzini mit seinem romanischen Temperament nicht länger zurück, unterbrach Palm, schwenkte die Mappe mit den Versuchsergebnissen über seinem Kopf.

»Danke, ja. Wir haben alle seinen Bericht gelesen! Für mich als Wissenschaftler – aber ich glaube, auch für meine Kollegen, die auf dem wirtschaftlichen und finanziellen Sektor unseres Kuratoriums tätig sind – sind vor allem jene Andeutungen interessant, die sozusagen zwischen den Zeilen stehen.«

Jeroen war aufgestanden und nach vorn gekommen: »Nicht nur zwischen den Zeilen, Herr Professor Manzini!« Manzini lehnte sich behaglich zurück:

»Ich weiß nicht, ob Sie sich der ungeheuren Tragweite Ihrer überaus kühnen Hypothese überhaupt bewußt sind.«

»Ich denke schon!«

Manzini war bereit, Jeroen die Schau zu stehlen und ihn ins Kreuzverhör zu nehmen: »Sie deuten an, ein bißchen hier, ein bißchen dort. Im übrigen beschreiben Sie Ihre Versuche, füttern uns mit Bergen von statistischen Daten und seitenlangen Diagrammen, nennen das Ganze etwas lapidar: ›Übertragung von Gedächtnismolekülen‹, berichten ganz unschuldig über Ihre Erfolge bei Ratten – und haben doch letzten Endes etwas ganz anderes im Sinn, etwas Ungeheures, ohne es beim Namen zu nennen!«

Jeroen ließ sich nicht im geringsten einschüchtern. »Ich bin bereit, mündlich darüber zu referieren!«

»So – mündlich. Bitte. Sie haben also gewisse Anhaltspunkte, daß die Übertragung von Intelligenz und Wissen auf Grund Ihrer Methode nicht nur bei Ratten funktioniert?«

»Ich behaupte, unsere Versuche hier haben gewissermaßen Modellcharakter.«

Da meldete sich eines der Ausschußmitglieder zu Wort: »Können Sie nicht konkreter werden? Ihre Methode ist schließlich nicht gerade sensationell. Wir haben ein rundes Dutzend Veröffentlichungen zu diesem Themenkomplex vorliegen – mit positiven und negativen Aspekten. Insgesamt scheinen bisher rund 170 Arbeiten über dieses Gebiet publiziert worden zu sein.«

Jeroen trat an das Vortragspult: »Richtig – aber wir gehen den entscheidenden Schritt nach vorn. Um das zu erklären, muß ich allerdings etwas weiter ausholen.«

Manzini winkte ab.

»Fangen Sie um Himmels willen nicht bei Adam und Eva an.«

»Nein. Aber bei Watson und Crick.«

Er ging in die Ecke und enthüllte eine ›Skulptur‹, ein mannshohes Molekülmodell aus bunten Schaumstoff-Teilen, die, von einem Stangenskelett gehalten, ineinandergesteckt waren.

»Die beiden Engländer erhielten den Nobelpreis für eine fundamentale Erkenntnis: Das ganze Geheimnis des Lebens steckt, chemisch gesehen, in einem sehr langen und unvorstellbar dünnen Molekül aus Millionen und Milliarden von Bausteinen, der Desoxi-Ribo-Nuklein-Säure, kurz DNS, nach dem Englischen auch DNA genannt. Die beiden Forscher haben nun die Struktur dieses Moleküls entschlüsselt: eine Art doppelter Wendeltreppe, zwei schraubenartig umeinandergeschlungene Ketten – die sogenannte ›Doppel-Helix‹.«

Eines der Ausschußmitglieder unterbrach das Referat: »Soviel dürfen Sie bei Finanzleuten gerade noch an Kenntnissen voraussetzen.«

Jeroen demonstrierte an dem Modell die einzelnen Bausteine: »Dann wissen Sie auch: Das Skelett hier besteht aus Phosphorsäure und Zucker, und die Stufen der ›Wendeltreppe‹, das sind organische Basenpaare. Es gibt davon nur vier verschiedene. Aber das genügt völlig: Die Reihenfolge der verschiedenen Stufen diktiert, wie ein Code mit vier Buchstaben, sämtliche Erbanlagen eines Lebewesens. Der gesamte Aufbau wird von hier gesteuert.

Der Bauplan der DNS bestimmt, ob sich aus einer Zelle ein Mikroorganismus bildet, eine Amöbe – oder ein Mensch – und welche Art von Mensch: Rasse und Intelligenzfaktor, Mann oder Frau.

Beim Menschen umfaßt die DNS-Spirale im Kern jeder Zelle über drei Milliarden Stufen. Ein komplizierter Plan.«

»In jeder einzelnen Zelle?« – Auch Finanzleute haben manchmal das Staunen noch nicht ganz verlernt.

»Richtig! In jeder einzelnen der über 60 Billionen Zellen des menschlichen Körpers steckt der Bauplan für den ganzen Menschen. Und zwar in den Chromosomen.«

Jeroen hängte Schautafeln mit den Chromosomen neben das Modell an die Tafel.

»Und wenn man die ungeheuer winzigen DNS-Stücke einer einzelnen Zelle – die sich ja auf 46 Chromosomen verteilen – aneinanderhängt, dann ist dieser unendlich dünne Strang einen ganzen Meter lang.

Ein Meter DNS – in jeder einzelnen Zelle.«

Er ließ das Bild einige Sekunden wirken – auch wenn es unvorstellbar bleiben mußte, dann fuhr er fort:

»Wenn es gelingt, die Reihenfolge der Stufen im DNS-Strang, also den Code zu verändern, dann ändert man damit auch die Erbanlagen, also Haarfarbe und Körperbau – aber auch Psyche, Talent, Begabung.«

»Ist das bereits möglich?« lautete ein Zwischenruf aus dem Auditorium.

Jeroen zögert.

»Ein direkter Eingriff ist schwierig. Unsere Instrumente sind noch zu grob. Aber wir wählen einen Umweg: Statt die DNS direkt zu verändern, verändern wir die Baupläne, nach denen diese DNS immer wieder neu aufgebaut wird. Das heißt, wir schleusen veränderte oder sogar fremde Baupläne in den Organismus ein.

Diese Baupläne, gewissermaßen Matrizen, sind die Ribo-Nuklein-Säuren – die RNS-Moleküle.«

Jeroens Zuhörer wirkten überaus interessiert, das bewiesen auch die Zwischenfragen: »Und Sie behaupten nun: Wenn Sie fremde oder veränderte RNS einschmuggeln – ›intelligente RNS‹ in unintelligente Ratten zum Beispiel –, dann verändert sich der Empfänger?«

Jeroen schüttelte den Kopf:

»Nein – äußerlich nicht. Denn Ratte bleibt Ratte! Aber durch Auswechseln und entsprechende Kombinationen bestimmter Strangstücke im befruchteten Ei könnte man Lebewesen auch äußerlich völlig verändern: Bizarre Gebilde wären denkbar – halb Mensch, halb Tier. Intelligente Affen, Roboterwesen. Man könnte Genies züchten, Monster erzeugen . . .«

»Eine schreckliche Vorstellung!« – »Hoffentlich bleibt das alles Utopie!« – die Zwischenrufer hatten sich offenbar bisher nicht zu der Erkenntnis durchgerungen, daß die Biochemie als Wissenschaft wesentlich gefährlicher war als zum Beispiel die Kernphysik. Die synthetische Produktion neuer Organismen brachte zwangsläufig neue Gefahren für die Menschheit mit sich. Denn das fein ausbalancierte, natürliche Gleichgewicht zwischen aggressiver Schädigung und Immunität, zwischen ›Fressen und Gefressenwerden‹, konnte eine tödliche, irreparable Schlagseite erhalten.

Gegen neue, fremde Mikro-Organismen, gegen schädliche Bakterien und Viren, die künstlich erzeugt worden waren, standen unserem Organismus keine Abwehrkräfte zur Verfügung. Aber diese Details unterschlug Jeroen fürs erste. Und er hatte auch nicht vor, die Sprache auf den apokalyptischen Horror in dieser jungen Wissenschaft zu bringen, als ihm einer der mehr wirtschaftlich orientierten Zuhörer eine Frage stellte: »Wo liegt eigentlich der Nutzeffekt solcher gefährlichen Spielereien?«

Nutzeffekt? Jeroen war einen Augenblick verwirrt. Man forscht, das war seine Meinung, weil man nach neuen Erkenntnissen strebt, ob diese Erkenntnisse für die Gesellschaft nun sinnvoll sind oder tödlich, das stand doch, bitte, auf einem ganz anderen Blatt.

Aber dann improvisierte Jeroen weiter: »Neue Wesen werden – unter Umständen – im Hinblick auf ihren Verwendungszweck geschaffen. Bakterienstämme werden umprogrammiert und vernichten Erdölreste, bauen neue Stoffe daraus auf.«

Das war das einzig sinnvolle Beispiel, das ihm einfiel und das seine Wirkung nicht verfehlte.

»Oder denken Sie an die Taufliege. Sie ist das neueste Objekt für Manipulation an Erbanlagen. Taufliegen existieren bereits in vielen Dutzenden neuer, künstlicher Variationen . . .«

Das ist doch Schwachsinn, dachte Jeroen, die halten mich doch für verrückt. Wo steckt der Sinn bei Dutzenden neuer Taufliegenarten. Man macht so etwas, weil es eben machbar ist. Und irgendwann, wenn man den Weg konsequent weiterverfolgt, landet man bei großen und wichtigen Erkenntnissen, bei fundamentalen Fortschritten, die ohne den Umweg über diese dämlichen Taufliegen niemals zustande gekommen wären. Das alles ging ihm rasch und beiläufig durch den Kopf. Während er weiterredete, überlegte er gleichzeitig, daß diese Argumentation auch als Alibi dienen konnte, wenn einer anfing, lästige Fragen zu stellen, nach dem Sinn – nach dem Nutzeffekt dieser Forschung. Doch das Auditorium war still und zufrieden.

Van Reijn fiel ihm ein, das Gesicht dieses Mannes, beim Schachturnier, am Strand, im Regen, als er auf ihn zugerannt kam und er sich in den Dünen versteckt hatte. Nutzeffekt?

Aber dann hatte Jeroen den verlorenen Faden wieder aufgegriffen und fuhr fort: »Es gibt sogar ein Experiment mit Wirbeltieren. Es ist allerdings sehr umstritten: die ›Straßburger Ente‹.

Ich habe hier ein Bild.«

Das Foto war in einem Lehrbuch der Biochemie veröffentlicht worden, das in Cambridge erschienen war.

»Bereits 1959 wurde der genetische Code, der Bauplan aller Erbanlagen, die DNS der Ente Khaki-Campbell isoliert, gereinigt und der White-Peking-Ente injiziert.

Man wollte das Erbgut verändern.

Aber überraschenderweise veränderte sich die White-Peking-Ente selbst.«

Das Buch wanderte von Hand zu Hand. Die Fotos zeigten die dunkle Campbell und die dicke weiße Peking vor und nach dem Experiment. Nach der Injektion des fremden DNS war sie dunkel und schlank.

Die Herren vom Ausschuß blätterten hin und her, diskutierten leise miteinander und betrachteten auch das Bild der Wissenschaftler, die an diesem Experiment beteiligt gewesen waren.

Jeroen fuhr fort: »Soviel bekannt ist, sind ähnliche Versuche nie mehr erfolgreich verlaufen. Ich studierte damals in Freiburg, fuhr nach Straßburg hinüber, sah die veränderte Ente, sprach mit einem der Assistenten, einem gewissen Felix Rheinberger, einem Belgier . . .«

Da stutzte Jeroen. Er versuchte sich zu erinnern und wiederholte nach einigen Sekunden nachdenklicher Pause noch zweimal den Namen: »Felix Rheinberger . . . Felix Rheinberger . . .?!«

Er fuhr sich mit der Hand über die Augen, dann trat er nach vorn: »Kann ich das Buch noch einmal, bitte . . .«

Man reichte es ihm.

Er blätterte hastig und nervös, fand schließlich, was er suchte: das Foto der jungen Wissenschaftler.

»Das Gesicht, natürlich, er ist es . . .«

Langsam setzte er sich auf einen Stuhl und versuchte das Bild vor seinem inneren Auge mit dem Foto in Einklang zu bringen.

»Rheinberger, ja natürlich. Mein Gott, es ist zehn Jahre her!«

Das Jugendbild von damals, das Schachturnier, das Konzert . . .

Die Anwesenden waren aufmerksam geworden, obwohl keiner von ihnen so recht begriff, was in Jeroen vor sich ging. Und nur die Eingeweihten kapierten den Zusammenhang, als Jeroen schließlich lächelnd und entspannt, so ganz selbstverständlich, die Quintessenz seines Nachdenkens von sich gab: »Natürlich, ganz einfach: Dieser Rheinberger – ist Felix van Reijn . . .!«

16

Van Reijn durchschritt das Tor und betrat seinen Park. Die Dienerinnen verneigten sich, griffen nach Mantel und Hut – beides trug er lose in der Hand – und nahmen dem Taxifahrer die schmale Tasche ab. Man reist nicht mit viel Gepäck in Japan.

Langsam lief van Reijn den gewundenen Pfad entlang.

Da rief Hana ihn an, die alte Dienerin. Mit kurzen Trippelschrittchen versuchte sie ihn einzuholen.

Während die anderen beiden Frauen sich Blicke zuwarfen und verstohlen kicherten, flüsterte Hana van Reijn etwas ins Ohr.

Van Reijn hörte ruhig zu, dachte nach, dann öffnete er das weiße Seidenjackett und eilte den schmalen, steilen Weg nach oben, hinauf zum Haus.

Er nahm zwei Stufen auf einmal trotz der Hitze, dieser feuchten Schwüle, die ein Frühjahrsgewitter anzukündigen schien.

Die Dienerinnen waren weit zurückgeblieben, als er das Haus erreichte.

Sibilla erwartete ihn auf der Galerie. Sie war erregt und zitterte vor Zorn.

»Bin ich deine Gefangene? Darf ich das Haus nicht verlassen? Wie soll ich das verstehen? Diese drei Mumien belauern mich auf Schritt und Tritt, Tag und Nacht. Sie stellen sich mir in den Weg, wenn ich nur in den Garten gehe.«

Van Reijn hatte sich alles ruhig angehört.

Mit einer zärtlichen Geste, die er eigentlich als Willkommensgruß gedacht hatte, versuchte er ihre widerspenstige Mähne zu bändigen – und gleichzeitig die hochgehenden Wogen ihres Zorns zu glätten. Aber sie wich ihm aus, stieß seine Hand zurück.

»Laß das, bitte!« sagte sie. »Ich will wissen, wo du warst.«

»In Tokio. Ist das so wichtig?«

»Du bist verschwunden – bei Nacht und Nebel. Ohne eine Nachricht zu hinterlassen.«

»Es kam überraschend, war sehr dringend. Ich wollte dich nicht wecken.«

»Das war vor drei Tagen.«

»Ja, entschuldige. Es wird nicht mehr vorkommen. Ich werde dieses Haus ohne dich nicht mehr verlassen.«

Van Reijn war aus seinen Schuhen geschlüpft und an Sibilla vorbei in die Halle gegangen.

Sie folgte ihm widerstrebend.

Ohne sich nach ihr umzusehen, fuhr er fort: »Zwei meiner Bücher werden hier erscheinen. Ich mußte die Druckfahnen durchsehen.«

»Auf japanisch?«

Sie war stehengeblieben.

»Ja, sicher. Auf japanisch.«

Er ließ nach japanischer Männersitte sein Jackett zu Boden gleiten und entledigte sich seiner Krawatte. Die Dienerinnen hatten das Haus inzwischen ebenfalls erreicht. Midori eilte durch die Halle, sammelte Jackett und Krawatte auf, Hana brachte den Kimono.

Van Reijn fragte etwas. Nach kurzem Zögern gaben die Frauen Auskunft. Sie sprachen gedämpft, warfen scheue Blicke zu Sibilla hinüber, kicherten, wurden lauter, fielen sich gegenseitig ins Wort.

Van Reijn ließ sie ausreden, hörte dem hektischen Geschwätz unbewegt zu. Dann nickte er. Auf dieses Zeichen hin verstummten die Frauen, verneigten sich und verließen eilig den Raum.

Van Reijn trat an die geöffnete Wand des Zimmers und sah hinaus in den Garten. Er schwieg.

Sibilla stand immer noch am gleichen Platz und beobachtete ihn.

»Du wolltest fort?«

Van Reijn begann mit seinem Verhör.

»Ja.«

»Wohin?«

»Spazieren.«

Es war ihr nicht wohl dabei, zu lügen – also log sie bewußt und provozierend. Er sollte es merken.

»Du wolltest spazierengehen – mit Koffer und Reisekostüm?«

Er drehte sich um, sah sie voll und unverwandt an. Und dann sprach er wie zu einem Kind: »Wir sind hier nicht in Tokio, nicht in der Stadt. Eine Frau, zumal eine Europäerin, geht hier nicht allein durch die Gegend. Das ist nicht üblich.«

»Mir ist egal, was üblich ist und was nicht. Ich bin ein freier Mensch!«

Nicht die fadenscheinige Information hatte sie verletzt, sondern sein belehrender, herablassender Ton.

Er schien das nicht begriffen zu haben, denn im gleichen Ton fuhr er fort: »Sicher – ein freier Mensch. Aber deine Dienerinnen können nicht verstehen, warum du das Haus verlassen willst. Sie wollen dich schützen – vor etwas, was man nicht tut.«

Er konnte deutlich sehen, wie der Zorn wieder in ihr hochstieg: »Sie sollen mich in Ruhe lassen!«

Sie war laut geworden, zu laut für Japan, zu laut für eine Frau und zu laut für die Papierwände, hinter denen die Schatten der drei alten Weiber zu flüchten schienen.

»Ich will weg. Ich will heraus, raus hier – ich will das Land sehen und die Menschen!«

»Gut, gehen wir!« Van Reijn schnürte den Gürtel um seinen Kimono. »Sehen wir uns das Land an und die Menschen.«

Er ging zum Ausgang der Halle.

»Jetzt, sofort?« Sibilla schien verwirrt.

»Sofort, ja. Wenn du willst. Das Wetter ändert sich – und in zwei Stunden wird es dunkel.«

17

Der Gipfel des Fujiyama war bereits hinter schweren Wolken verborgen.

Die Bauern hatten es eilig heimzukommen. Sie trieben die schwarzen Ochsen an, die bunte kurze Karren hinter sich herzogen und deren Schenkel grau verkrustet waren vom Schlamm der Reisfelder. Es war Pflanzzeit.

Drüben, auf der anderen Seite des Sees, tanzten rote Flammen, spiegelten sich im Wasser, das unbeweglich dalag wie braunes Glas. In der Raffinerie wurde Gas abgefackelt.

Sibilla betrachtete den übriggebliebenen Stumpf des Fujiyama, der in die Wolken ragte.

»Unheimlich dieser Berg!«

Van Reijn drehte sich nicht um.

»Der Fuji hat viele Gesichter . . .«

Die Kröten, die sich im Ufermorast paarten, antworteten mit knarrendem Gelächter.

Ein Hubschrauber flog tief über die Felder und verstäubte gelbe Nebel. Der beißende Geruch wehte herüber, verflüchtigte sich, mischte sich mit dem schwarzen Rauch einer kleinen Fabrik.

Bunte Stoff-Karpfen, das Symbol für Kraft und Mut, hingen schlaff von hohen Bambus-Stangen, die vor einzelnen Bauernhäusern standen. Ein Überbleibsel des Knabenfestes vor einer Woche. Bis zur nächsten Schwangerschaft blieben sie oben.

Eine Kerze brannte im Bug eines Bootes. Es war geschmückt mit bunten Bändern. Aber weder der Fischer noch irgendein anderer Bewohner dieser armseligen Uferhütten waren zu sehen. Sie hockten im Dunkeln vor ihrem Fernsehgerät und lauschten schweigend und starr auf das Gequake der im Fünf-Minuten-Takt wiederkehrenden Werbespots.

Sibilla und van Reijn stiegen über Müll; angeschwemmte Flaschen, Dosen, Plastiktüten – wie damals an der belgischen Küste, zwanzigtausend Kilometer entfernt.

Die Zerstörung von Land und Meer schien sich anzugleichen – rund um den Planeten.

Sie durchschritten den alten Friedhof mit seinen verwitterten Granitsäulen und überquerten auf einem rostigen Eisensteg die Autobahn, die das Land brutal durchschnitt. Unter ihnen floß Kafkas geradezu ›unendlicher Verkehr‹. Über dem Fuji zerrissen Blitze die schwarzen Wolken.

Das Land sehen – die Menschen . . .

Ein Spaziergang als therapeutische Maßnahme also?

Bis die Erregung abgeklungen war?

Kaum. Van Reijn ging viel zu zielstrebig vor. Er folgte einem Plan, das war deutlich zu spüren. Er schlenderte nicht durch diese von der Zivilisation so grausam vergewaltigte Landschaft, direkt im Blick des heiligsten aller heiligen Berge. Es war kein Sightseeing-Ausflug – es war ein Komplott.

»Hast du mein Telegramm aufgegeben?«

Sibilla war stehengeblieben, als sie ihn das fragte. Die blutrote Abendsonne verschwand endgültig zwischen den eilig herantreibenden Wolkenfetzen.

»Ja. In Tokio. Sofort, als ich ankam.«

Plötzlich einsetzender Wind wirbelte Staub von den Wegen, drehte ihn spiralenförmig hoch in die Luft.

»Das ist drei Tage her. Bisher kam keine Antwort. Auch nicht auf die beiden letzten Telegramme.«

Der Hubschrauber hatte abgedreht, der Pesthauch verwehte, das Geknatter erstarb. Nur von der Autobahn brodelte der Lärm noch herüber.

»Auf dem Lande passiert es oft, daß wichtige Dinge liegenbleiben. Wir sind hier weit weg von der Welt . . .«

Sibilla sah sich ratlos um, lachte verständnislos. Aber dann erreichten sie den Weg.

Es war ein besonderer Weg.

Der Parkplatz, an dem er begann, war leer bis auf zwei ältere Wagen, die hier schon länger vor sich hin zu rosten schienen. Auf zahlreichen Hinweistafeln war der Standpunkt genau markiert.

Von dort schlängelte sich eine rote Linie durch eine stilisierte Karte – bis zum Gipfel des Fuji.

Es war einer der sieben Pilgerwege auf den heiligen Berg.

Der Weg war gesäumt von zwei Reihen riesiger Zypressen. Bemooste Steinlaternen, uralt und zum Teil geborsten, standen zwischen den Stämmen. Es waren weit mehr als hundert.

Über Stufen, die in großem Abstand folgten, führte der Weg sanft nach oben.

»Schön, dieser Weg.«

Sibilla war versöhnt.

»Schön, ja. Aber was heißt das: ›schön‹?«

Er blickte sie an und fuhr nach einer Pause fort: »Jeder empfindet das anders, die Schönheit dieses Weges, zum Beispiel. Wie empfindest du das – als Frau?«

Sie erwiderte seinen Blick voller Erstaunen.

»Du mußt andere Empfindungen haben als ich,« ergänzte er noch.

Also machte sie den Versuch, ihre Gefühle auszudrücken: » . . . die Farben . . . dieses düstere und schattige Grün . . .«

Van Reijn unterbrach sie. Er war voll kaum gezügelter Ungeduld: »Die Farben, richtig. Wir sagen ›rot‹, sagen ›grün‹ – aber was bedeuten ›rot‹ oder ›grün‹ für dich? Wie wirken diese Farben auf dich! Wie empfindest du sie? Ich möchte das wissen.«

Sibilla setzte zum zweitenmal an: »Ich will versuchen, es dir zu beschreiben . . .«

Van Reijns Ungeduld steigerte sich merklich: »Nein – so geht das nicht! Deine Beschreibung löst nur wieder meine eigenen Empfindungen in mir aus – nicht die deinen. Es geht nicht, solange wir nicht im Kopf des anderen sitzen – oder er in uns . . .« Er lachte. Ganz plötzlich hatte sich ihr Gespräch ins Heitere gewendet. So schien es zumindest.

Er hatte die Hand auf ihren Nacken gelegt, und sie hatte sich nicht gewehrt.

Er fuhr fort: »Und dann wissen wir immer noch nicht, weil wir nicht mehr vergleichen können. Der andere geht auf in uns, wird ein Stück von uns selbst, wir gehen auf in ihm – und verlieren uns dort – und gehen verloren.«

Eine seltsame, fremdartige Melodie klang durch den Wald. Wie ein Windhauch, der über eine Panflöte streicht. Die Wipfel begannen zu rauschen, dumpfes Grollen drang vom Berg herunter, der nun direkt vor ihnen lag.

Schweigend gingen sie weiter.

Regen tropfte durch die dichten Kronen der Bäume, Wind wirbelte ihn an den Stämmen vorbei und sprühte die Tropfen den beiden ins Gesicht. Wie damals am Meer, dachte Sibilla. Der erste Spaziergang mit ihm, ihr erstes, gemeinsames Gespräch.

Was ist alles passiert seither – wie lange ist es her . . . Er hatte plötzlich nach ihrer Hand gegriffen, und sie erwiderte seinen Händedruck.

»Verzeih mir.« Als er das sagte, sah er sie nicht an. Erst danach.

»Was?«

»Alles. Alles, was war. Alles, was noch kommt.«

Er blickte längst wieder geradeaus.

Der Druck seiner Hand verstärkte sich.

Mir ist gleich, was noch kommt, dachte Sibilla und schluckte so etwas wie Grauen hinunter, das in ihr aufzusteigen begann.

Sie drängte sich dichter an ihn, an seine Schulter. Das war ihre Antwort.

Durch den dünnen Seidenstoff des Kimonos spürte sie seine Wärme und versuchte mit ihm Schritt zu halten.

Sie sah in sein Gesicht, als er fortfuhr: »Und lauf nicht mehr weg. Bitte. Ich brauch' dich!«

18

Der Weg führte durch ein mächtiges, rotgestrichenes ›Torij‹ – ein aus wuchtigen Stämmen gezimmertes Tor – und verbreiterte sich zu einem Platz. Die Hütten der Andenkenhändler waren geschlossen. Die Saison begann nicht vor dem 21. Juni. Denn bis dahin war der Weg zum Gipfel tief verschneit und unzugänglich.

Am Ende des Platzes erhob sich ein massiges Gebäude. Das Pagodendach ruhte auf einem Dutzend Zedernholzsäulen. Das Innere war abgeschirmt durch Holzplanken, die mit Seilen gesichert waren.

»Sieht aus wie ein Tempel.«

»Ein Shinto-Schrein. Bis zum Gipfel gibt es 48 weitere. Aber dieser hier ist der größte.«

Der Regen war dichter geworden. Wie Nebel senkte er sich zwischen die Giebel des Schreins und die mächtigen Zedern.

Die Stämme, die fünf Männer kaum umspannen konnten, waren mit dicken, geflochtenen Tauen umschlungen, die in riesigen Knoten endeten.

In einer vergitterten Hütte lagen meterhoch Berge zerfetzter Strohsandalen. Sie hatten als Schutz gegen das Lavagestein des Gipfels gedient, das scharf war wie Glas. Hier unten wurden die Sandalen den Geistern des Berges geopfert, als Dank für die glückliche Rückkehr.

Das Grollen des Donners war näher gekommen.

»Wir sollten umkehren!« Sibilla war naß wie damals am Strand. Die dünne, helle Seide klebte auf ihrer Haut. Durch das transparent gewordene Gewebe schimmerten ihre Brüste.

»Hörst du nicht? Wir wollen umkehren.«

»Zu spät. Wir sind da!« Van Reijn blickte nach vorn.

Sein Ziel war ein Holzgebäude am anderen Ende des Platzes. Auch dieses Dach, geschwungen wie die übrigen, ruhte auf mächtigen Säulen. Die Vorderfront war geöffnet, einige Stufen führten hinauf.

Oben, auf den Matten dieser Halle, hockten Männer, alte und junge Männer, ganz in sich gekehrt, und schenkten den Neuankömmlingen nicht die geringste Beachtung. Auf schwarzen Filzplatten hatten sie Reispapierbögen liegen, daneben Tuschstein und Pinsel. Sie malten.

Ein Bild unglaublichen Friedens. Kein Wort wurde gesprochen, kein Blick gewechselt.

Unter dem weitausragenden Dach, das sie vor dem Regen schützte, war Sibilla stehengeblieben. Sie sah verwundert diesen malenden Männern zu.

Van Reijn deutete ihren Blick richtig – als Frage – und gab ihr Auskunft:

»Eine Schule. Hier unterrichtet Mizuguchi, wenn er in dieser Gegend ist. Komm.«

Sie folgte ihm widerstrebend die Stufen hinauf, schlüpfte wie er aus den Schuhen und betrat hinter ihm die Halle. In einer abgeteilten Nische des Raumes entdeckte Sibilla plötzlich eine bekannte Gestalt. Ein Mann saß dort mit dem Rücken zu seinen Schülern und schien zu meditieren.

Irgend etwas irritierte ihn wohl – er wandte sich um. Van Reijn verneigte sich, Sibilla folgte seinem Beispiel. Mizuguchi dankte – und lächelte.

Er gab einem der Schüler ein Zeichen. Der brachte Papier, ein Gefäß mit Pinseln, Tuschblock und Wasser und stellte alles vor Sibilla und van Reijn auf die Matte. Sie setzten sich auf bereit liegende Kissen.

Van Reijn ergriff den Pinsel, feuchtete ihn an, drehte die Haare langsam auf dem schwarzen Block zu einer Spitze und dachte nach. Mizuguchi beobachtete seine neuen Schüler mit Interesse. Auch Sibilla nahm einen der Pinsel zur Hand, feuchtete ihn an, drehte ihn und ließ ihn sinken.

»Ich kann es nicht.«

Sie hatte es nur geflüstert.

Reijn nickte ihr zu, dann zog er eine feine Kurve mit dem Pinsel über das Papier. Der Ergebnis erschreckte ihn. Er versuchte es noch einmal – ohne Erfolg.

»Ich kann es auch nicht!« – Er lächelte. »Noch nicht!«

Mizuguchi lächelte zurück, verbeugte sich, als wollte er sich für die Stümperhaftigkeit seines Gastes entschuldigen.

Reijn malte weiter. Dicke, unförmige Striche bedeckten das Papier, klobig im Vergleich zu der Harmonie der Linien, die die Schüler neben ihm auf das Papier zauberten.

Sibilla hatte es nicht gewagt, den Pinsel anzusetzen. Und auch Reijn resignierte. Er ließ den Pinsel sinken, legte ihn auf das Porzellanbänkchen neben der Tusche und wendete das Blatt um.

»Komm, wir gehen.«

Van Reijn erhob sich, ging voraus zur Treppe, schlüpfte in seine Schuhe.

Mizuguchi kehrte ihm den Rücken zu und ließ gerade zarte Schatten in einem Kiefernzweig zerfließen.

Reijn wartete, neben ihm Sibilla, bis der Meister den Aufbruch der Gäste spürte, sich umwandte und das Zeichen zum Abschied gab.

Wieder lächelte er – ein Dank für den Besuch, für den weiten, beschwerlichen Weg durch den Regen.

Keiner der Schüler blickte den beiden Fremden nach, die den Platz überquerten, das Torij durchschritten und in dem düsteren, endlosen Zypressenweg zwischen den Steinlaternen verschwanden.

Nur Mizuguchi war aufgestanden und nach vorn getreten. Er hielt die Hände in den Ärmeln seines alten, schwarzen Kimonos verborgen und folgte den beiden mit seinem Blick.

Das Lächeln war längst aus seinem Gesicht gewichen.

19

Die Dienerinnen hatten heißes Wasser bereitet und halfen Sibilla aus dem klammen Seidenkimono.

Van Reijn hatte entgegen jeder Tradition darauf bestanden, nicht als erster bedient zu werden.

Nun saßen sie sich gegenüber, jeder in seinem schmalen, hohen Holzbottich, und sahen sich an.

Dampf stieg auf und füllte den niederen Kellerraum mit dichtem Nebel.

Die Dienerinnen brachten Kampfer und Kiefernöl und gossen es in das brühend heiße Wasser. Dann begannen sie unter lauten Zurufen mit der zweiten Stufe der Tortur: Mit Bürsten, die an langen Stielen befestigt waren, bearbeiteten sie die Haut ihrer Opfer.

Die dritte Stufe war eine punktuelle Massage. Sibilla lag eingehüllt in einen weiten Baumwollkimono auf der harten Matte neben dem Holzkohlenbecken. Midori tastete durch den Stoff hindurch die ›Kreuzungen der Nervenbahnen‹ ab und begann mit einem ruhigen, rhythmischen Spiel der Finger: vom Kopf her über Nacken und Schultern, von Händen und Fußen über Brüste und Rücken bis zur Mitte. Eine, wie es Sibilla schien, unendlich lange Prozedur, die ihr immer wieder sanfte Schauer über den Rücken jagte.

Van Reijn lag neben ihr und schien unter den Händen von Hana eingeschlafen zu sein.

Zur letzten Stufe des Rituals ließen die Frauen das Paar allein. Das entspach zwar keineswegs dem Brauch – im Gegenteil. Es geschah mehr aus Rücksicht gegenüber der europäischen Frau des *Zenze*, des Meisters. Sibilla, das hatten sie immer wieder gespürt, reagierte gehemmt und irritiert auf die scheinbar teilnahmslosen Schatten, die in einer dunklen Ecke der Halle den abendlichen oder nächtlichen Umarmungen als stumme Zeugen beiwohnten – stets dienstbereit, wie es Vorschrift war.

Also erhoben sich die Frauen, murmelten einen Abschiedsgruß, der wie ein Singsang klang, und verließen den Raum. Hana brachte noch zwei Porzellankrüge mit warmem Sake, Reiswein, der jetzt nicht fehlen durfte, dann zog sie sich diskret auf die andere Seite der zugeschobenen Papierwand zurück.

Vor der Nische mit Öllampe, Blütenzweig und Rollbild war das Lager auf dem Boden ausgerollt. Schlafzimmer im europäischen Sinn kannte das traditionelle japanische Haus nicht. Wenn es Abend wurde, holte man die Schlafmatten aus ihren Schränken, in die man sie morgens wieder verstaute.

Van Reijn trug Sibilla, die zu erschöpft war, um sich noch zu bewegen, hinüber zum Lager. Er wickelte sie aus dem viel zu weiten, viel zu groben Männerkimono. Die vom Bad und von der Massage gerötete Haut glänzte im Schein der flackernden Öllampe. Schlaftrunken hob sie die Arme, umfaßte seinen Nacken, schmiegte sich an ihn. Das Holzkohlenbecken leuchtete im Dunkel der Halle wie ein Rubin. Immer noch fiel der Regen auf das Dach mit seinen grünen Majolika-Ziegeln, trommelte gegen das Bambus-Segel über der Galerie.

Das Gewitter war fürs erste weitergezogen und grollte dumpf hinter den Bergen. Der Wind rüttelte an den Papierwänden zum Park, die das Wetterleuchten hin und wieder wie weiße Lampions erstrahlen ließ.

Es war eine lange Nacht.

Sibilla war glücklich. Sie spürte diesen Mann, den sie liebte und bewunderte und haßte, der ihr Grauen einflößte und kindliche Furcht, auf eine noch nie erfahrene Weise. Gegen jede Regel der Vernunft schien sie ihm verfallen. Sie war ein Stück von ihm geworden, ein Teil seines Körpers, seiner Gedanken, seines Atems. Sie war bereit, für ihn zu leben und zu handeln und sich selbst ganz auszulöschen.

Sie klammerte sich an ihn, eine ganze Nacht oder auch nur einen Herzschlag lang, wie ihr schien.

Wenn er sie je verlassen sollte, das wußte sie, würde sie nur noch ein Bruchstück sein seiner Existenz, ein Torso, leblos und kalt und ohne Bewußtsein. Denn das war aufgegangen in ihm.

20

Zur gleichen Zeit – in Europa war es acht Stunden früher – nahm Jeroen einen eng bekritzelten Zettel aus seiner Tasche. Palm hockte auf einem der Drehhocker zwischen den Rattenkäfigen, Büdel lehnte an der Wand zum Nebenraum. Die Ratten machten gerade einen Höllenspektakel. Es war Abend geworden, und sie waren aufgewacht.

Jeroen hielt seinen Zettel direkt in den Lichtkegel einer Laborlampe und begann seine Notizen zu entziffern:

»Felix Rheinberger, geboren am 24. Januar 1928 in Antwerpen. Sein Vater besaß eine Textilfabrik – mit sieben Arbeitern. Die Eltern emigrierten 1940 nach den USA.

Rheinberger studierte in Princeton, kam zurück nach Europa und wurde Fellow am King's College, London. Die weiteren Stationen: Frankreich, erst Paris, später Straßburg. Ich habe mit Fox telefoniert in London: Rheinberger hatte eine sehr fundierte Theorie über Gen-Löschung und Gen-Einfügung im Vererbungscode entwickelt.

Er war der erste, der sich als ›Gen-Ingenieur‹ bezeichnete. Fox sagte, Bescheidenheit und Depressionen über Mißerfolge, wechselten ständig mit Anfällen von Größenwahn.

Salvagnac in Straßburg warf ihn schließlich raus. Er nannte Rheinbergers Theorien ›Menschenlästerung‹ – Gotteslästerung war ihm als Formulierung zu harmlos.

Anschließend Rockefeller-Institut. Weiß aber keiner, wie lange. Und dann verliert sich seine Spur . . .!«

Palm nickte, sah auf seine Uhr, blickte zu Büdel und endlich zurück zu Jeroen.

»Sie haben das Zeug zum Privatdetektiv, wenn unser Rattenzirkus je Pleite machen sollte. Obwohl – wir bekommen das Geld. Manzini ist sehr optimistisch.«

Er stand auf und fuhr fort: »Ja, wie ist das nun? Haben Sie mit Studienkollegen oder Arbeitskollegen gesprochen? Haben Sie Augenzeugen entdeckt, die an seinen Experimenten beteiligt waren?«

Jereon schüttelte den Kopf. Er drehte den Zettel um. »Sind alle verstreut in alle Winde, über alle Kontinente – es ist ja auch Jahre her, seit er verschwand.«

Büdel löste sich von der Wand und trat zu Jeroen: »Was sagten Fox und Salvagnac zu deiner Theorie?«

Jeroen reagierte entsetzt:

»Ich habe kein Wort darüber verloren, zu niemandem. Noch ist nichts bewiesen. Nichts! Ich hoffe immer noch, daß Sibilla etwas Konkretes in Erfahrung bringt. Das war schließlich ihr Auftrag.«

Büdel grinste.

»Hoffentlich hat sie ihn nicht völlig vergessen!«

Palm war an der Türe stehengeblieben.

»Ich mache mir wirklich Sorgen. Kein Lebenszeichen seit sieben Wochen . . .«

Da startete Büdel wieder eine seiner sarkastischen Nummern zur Aufmunterung:

»Vielleicht hat er endlich doch Geschmack an ihr gefunden? Oder er hat irgendein Fünkchen Genialität an ihr entdeckt, das ihm in seiner Sammlung fehlt . . .?«

Palm schüttelte mißbilligend den Kopf, worauf Büdel fortfuhr: »Ach so, Entschuldigung . . . Ich sag' das alles nur so leichtfertig dahin, weil ich deine Frankenstein-Theorie – kollegial gesagt – für schwachsinnig halte. Wenn's dich also weniger irritiert und glücklicher macht – es ist eine Bett-Affäre daraus geworden, ganz einfach und ganz elementar. Und die geht dabei noch auf dein Konto.«

Jeroen ging nicht darauf ein. Er las weiter von seinem Zettel ab:

»Salvagnac hat ein bezeichnendes Zitat übermittelt: Rheinberger schrieb ihm wörtlich aus New York: ›Wenn es die wissenschaftliche Erkenntnis erfordert, dann sind alle Barrieren der Moral, der Ethik und des Gesetzbuches aus dem Weg zu räumen, alle Bindungen an Menschen und Dinge sind aufzukündigen. Denn wir haben nur einen Auftrag, sind nur einer einzigen Maxime verpflichtet: der Natur ihre Geheimnisse zu entreißen und uns nutzbar zu machen. Weder der Respekt vor dem Tod noch die Ehrfurcht vor dem Leben dürfen uns daran hindern.‹ Ende des Zitats.«

Palm nickte: »Ja – der Traum des Doktor Faust. Für einen Renaissance-Menschen klingt das sensationell. Für unsere Zeit – kriminell und skrupellos.«

Jeroen hatte den Zettel wieder sorgsam zusammengefaltet und steckte ihn ein.

»Jetzt könnte man eine Weltkarte nehmen und bunte Fähnchen und sich von Interpol eine Liste geben lassen – nein, nicht im Ernst, nur als Idee –, eine Liste, und dann sollte man einen Weg auf der Karte abstecken, einen Weg kreuz und quer über alle Kontinente, einen Weg, an dessen Rand Tote auf der Strecke geblieben sind, Ermordete, unaufgeklärte Fälle, Opfer, die zwei Dinge gemeinsam haben: eine spezielle Begabung, ein Talent, eine Fähigkeit, und sei's nur die außergewöhnliche Muttersprache, und die man, zweitens, aufgefunden hat – ohne Gehirn . . .!«

21

Sibillas langes, rotblondes Haar hing über die seidene Nackenrolle bis hinunter auf die Bodenmatte, die Tatami. Ihr nackter Körper war seltsam verkrümmt und verspannt. Die helle Haut schimmerte fast weiß im fahlen Dämmerlicht des Morgens, das vom Park her durch die Papierwände drang. Sie lag allein – das Lager neben ihr war leer.

Das braune Laken und die abgesteppte Decke mit den großen Ornamenten waren zerknüllt und beiseite gestoßen, wie nach einem Kampf.

Sibillas linke Hand hatte sich darin verfangen und festgekrallt, die rechte hatte sie im Flaum ihres Schoßes vergraben.

Ein heftiger Wind rüttelte an den Schiebeläden und Papierwänden und ließ die Klöppel der Glöckchen wild rotieren.

Da wurde sie wach.

Die Verkrampfung wich, ihr Körper entspannte sich. Sie begann zu frösteln, tastete nach der Decke, zog sie über sich, tastete weiter – und erkannte jäh das leere Lager neben sich.

Sie hob den Kopf, richtete sich auf.

»Felix . . . Felix!«

Schlagartig wurde ihr bewußt, daß sie keine Antwort erhalten würde.

Eine grauenvolle Ahnung hatte sie beschlichen und für Sekunden gelähmt. Dann sprang sie auf.

Vor ihr, am anderen Ende der Halle, wich die Papierwand knarrend zur Seite. Hana erschien, die Dienerin.

Sie verbeugte sich, versuchte sich das Haar hochzustecken, fragte etwas auf japanisch.

Aber die nackte junge Frau, die zitternd vor Erregung vor ihr stand, reagierte nicht darauf.

»Wo ist Felix – where is Felix? Where is Mister van Reijn?«

Als ob Hana sie verstehen würde.

Aber sie verstand, verneigte sich wieder und sagte:

»Mistel van Lein, yes – yes . . .!«

Sibilla wurde laut: »He is not here? Not here?«

Wieder verbeugte sich Hana: »Yes – not hea – not hea!«

Sie lächelte Sibilla an.

Die drehte sich um, lief in den Nebenraum, faßte in den offenstehenden Wandschrank, ergriff irgendeinen weißen Kittel, der aussah wie ein Judoanzug, warf ihn sich über, schlüpfte in ihre Sandalen.

Hana war hinter ihr aufgetaucht. Sie bemerkte die Vorbereitungen zu einer Flucht, hob die Hände und brach in laute, klagende Töne aus. Sie versuchte, die Schiebewand zu schließen, als Sibilla dazwischentrat, sie zur Seite stieß und in die Halle stürmte.

Vom Eingang her kamen ihr Aki und Midori entgegen. Mit

ausgebreiteten Armen, wie man ein Huhn in die Ecke scheucht, verstellten sie ihr den Weg.

Sibilla wich zurück.

Ein Seitenraum stand offen und dort wieder, einen Spalt breit, die Papierwand zum Park, zur Galerie.

Doch Sibilla floh nicht einfach ins Freie. Sie blickte gebannt zu Boden, stand für lange Sekunden wie angewurzelt: Auf der Matte, auf einer Unterlage aus Filz, lagen achtlos verstreut Bogen aus Reispapier, hingeworfene Skizzen, dilettantische Versuche, Übungen – der Fuji, der heilige Berg.

Pinsel lagen daneben, Tuschstein und Wasserbehälter, ein Sitzkissen.

Ein Windlicht verteidigte flackernd seinen gelben Schein gegen das kalte Licht des Morgens.

Der Wind, der durch den Spalt in der Papierwand wehte, ließ die Skizzen über den Boden flattern.

Sibillas Ahnung wurde zur Gewißheit. Diese Indizien ließen sie in Panik geraten. Aber sie hatte zu lange gezögert. Die drei Frauen waren schreiend in den Nebenraum gestürzt, bevor sie über die Galerie in den Park gelangen konnte. Sie hatten sich in Sibillas Kittel festgekrallt, versuchten, ihn ihr vom Körper zu reißen.

Aki schloß die Schiebewand, verteidigte den Ausgang ins Freie, während es Sibilla nicht gelang, die anderen beiden abzuschütteln.

Sie hätte den Kittel opfern müssen, das einzige, was ihre Blöße bedeckte – aber auch das wäre das Ende ihrer Flucht gewesen.

Vielleicht war es Zufall, vielleicht Absicht. Mit dem Fuß hatte sie das Windlicht umgestoßen, das Öl lief aus, über Tatamis und Papier, und setzte den Boden in Brand.

Mit einem Aufschrei ließen die Frauen sie los.

Sie rannten mit bloßen Füßen über die Flammen, schlugen mit nackten Händen auf das brennende Papier.

Sibilla wartete die Löschaktion nicht ab. Sie warf sich gegen die Papierwand zum Park – das Pergament zerriß, die Leisten splitterten. Sie war frei.

Die Sandalen hatte sie längst verloren. Barfuß rannte sie den steilen, gewundenen Weg hinunter zu dem Tor aus Zedernholz. Es war fest verriegelt.

Oben am Haus hörte sie bereits die klagenden, schrillen Rufe der Frauen. Das Feuer hatten sie wohl gelöscht.

Mit trippelnden Schrittchen kamen die Dienerinnen den Weg herunter, flatternd wie Vögel mit gestutzten Flügeln.

Sibilla drängte sich durch die Büsche neben dem Tor. Mit beiden Händen kämpfte sie gegen die Äste, der weite Kittel öffnete sich, Dornen ritzten die Haut, schrammten über Brüste und Schenkel, zerkratzten das Gesicht. So erreichte sie schließlich die Stelle, die sie vor Tagen bereits erkundet hatte: Die hohe Mauer war auf viele Meter in sich zusammengestürzt.

Barfuß erklomm sie die Trümmer, kletterte über verwitterte Balken und Steine und rutschte schließlich hinunter zu dem ausgetrockneten Bachbett, wo die Dienerinnen einen Müllberg aufgeschüttet hatten.

Sie watete durch faulenden Modder, durchsetzt mit rostenden Dosen und zerbrochenem Glas.

Irgendwo über ihr kreischten die Weiber.

Aki hatte den kleinen Turm erklettert, der sich neben dem Tor erhob. Sie ergriff den an Seilen schwebenden Balken und wuchtete ihn gegen die riesige Glocke, die dort festgeschmiedet war. Dröhnend und dumpf brach sich der Klang vielfältig im Gebälk des Turmes, an den Stämmen der Zedern und schwebte weiter über das morgendlich schlafende Land.

Ein Signal – für wen?

Sibilla hatte den See erreicht, rannte an den Hütten vorbei, an den wild schaukelnden Booten. Aufgepeitschte Wellen überschwemmten das Ufer.

Die bunten Stoffkarpfen blähten sich im Wind und rissen an ihren Schnüren.

Der schwarze Rauch der Raffinerie zog waagrecht über den See, vermischte sich mit den tief dahintreibenden Wolken. Und irgendwo, verborgen und unsichtbar, thronte darüber der Gipfel des Fuji.

Mit schmerzenden Füßen, den Stoff des Kittels an den Körper gepreßt, durchquerte Sibilla den Friedhof, lief auf direktem Weg, ohne den Steg zu benutzen, über die ausgestorbene Autobahn und erreichte schließlich – den Weg.

Der Weg lag düster und unheimlich in der Dämmerung.

Die Stämme der Zypressen waren noch naß und schwarz vom Regen, dazwischen schimmerten die Steinlaternen in ihrem hellen Grau.

Sibilla lief atemlos und taumelnd wie um ihr Leben. Um *ihr* Leben – oder um das Leben eines anderen?!

Als sie das Torij erreichte, blieb sie stehen, um Atem zu schöpfen. Mit einer Hand stützte sie sich gegen den wuchtigen Stamm, mit der anderen hielt sie immer noch den Saum ihres offenen Kittels umklammert.

Niemand war zu sehen.

Die Halle, die Malschule auf ihren schlanken Säulen, lag friedlich und still.

Nur das Kreischen und Flattern der Vögel in den Büschen erschien Sibilla unerträglich laut.

Sie blickte sich um, aber da war niemand – sie war allein. Dann löste sie sich wieder von der mächtigen Säule, ging ein paar Schritte, langsamer jetzt, zögernder.

An der Treppe blieb sie stehen.

Die Halle lag noch im Dunkel. Sie konnte die Kissen der Schüler auf der Matte erkennen, die verschlossenen Kästchen aus schwarzem Lack mit Tusche und Pinsel – und dann die Gestalt. Sie lag vor der Nische, eingehüllt in einen grauen Kimono, lag lang ausgestreckt auf dem Boden.

Langsam stieg Sibilla die Treppe hinauf, zögerte, ging weiter. Ein Pinsel war zu Boden gefallen und mit einer schwarzen Spur über den Boden gerollt.

Die Hand, die ihn geführt hatte, lag leblos auf einem zerfetzten Bogen Reispapier. Ein Strich endete im Nichts.

Aus einem umgestürzten Tuschgefäß war die schwarze Farbe über die Tatamis gelaufen, glänzte noch frisch und feucht – vermischt mit Blut.

Sibilla war unfähig näherzutreten, unfähig zu schreien. Sie hob nur die Hand zum Mund und starrte auf den Boden. Ihre Augen suchten nach dem Gesicht des Toten, nach seinem Kopf. Sie suchten vergeblich.

Sie wandte sich ab, lief zurück zur Treppe, überquerte in Panik den Platz und rannte den düsteren Weg zwischen den Zypressen und Steinlaternen hinunter.

Ein Mann trat ihr entgegen, war plötzlich aufgetaucht zwischen den Stämmen wie ein Schatten.

Er fing sie auf, hielt sie fest: Felix van Reijn.

Sibilla hatte nicht mehr die Kraft, sich loszureißen, zu fliehen.

Sie hatte nicht einmal mehr die Kraft, ihn anzusehen.

Van Reijn sprach leise auf sie ein mit langen Pausen:

»Er war sehr alt . . .!

Ich werde sein Vermächtnis erfüllen.

Ich werde ihn unsterblich machen.

Die Hand, die diesen Pinsel geführt hat, wird weiterleben! –

Der Tod hat keine Gewalt mehr über Genies! –

Talent und Erfahrung – verlöschen nicht mehr – sinnlos – gnadenlos – sie werden von nun an – unvergänglich sein.«

Er zog sie näher, preßte sie an sich – und jetzt erwiderte sie seinen Blick.

Da fügte er hinzu: »Wir müssen zurück nach Europa. Noch heute!«

22

Auf den Kuppeln der Kirchen, auf den von Jahrhunderten gebleichten Ziegeldächern lag Schnee. Die Gondeln waren festgezurrt an den buntbemalten Pfählen. Venedig hielt seinen Winterschlaf.

Ein kleines Motorboot verließ den Canale Grande und steuerte einen der Seitenkanäle an. Vorn am Bug standen zwei ernste Japaner in schwarzen Anzügen, unter schwarzen Mänteln, mit Hut und Schirm.

Dahinter hockten Palm und Jeroen, hatten die Kragen hochgeschlagen und schwiegen sich an.

Polazzo stand neben dem italienischen Steuermann und hörte die gar nicht mehr so absurde Mär vom baldigen Untergang dieser Stadt. Er kannte sie schon. Er war hier geboren.

Das Motorboot verlangsamte seine Fahrt, Jeroen und Palm standen auf.

Quer über eine der Brücken war ein Transparent gespannt. Der Wind blähte das weiße Tuch wie ein Segel. Darauf – eine Zeichnung: Eine schwarze Linie entstand aus dem festen Andruck eines Pinsels, verjüngte sich, schwebte davon, folgte der einzig möglichen Linie, erhob sich, senkte sich wieder und ließ, ohne abzusetzen, in einem einzigen Zug den Berg aller Berge entstehen, unverwechselbar und meisterhaft – den Fujiyama.

Daneben leuchtete in blutroter Schrift der Namenszug:

FELIX VAN REIJN.

Kleiner darunter war die sachliche Information zu lesen: Palazzo d'Orsini und das Datum von heute.

Der Palazzo selbst war belagert von Dutzenden von Booten. Besucher kamen in Gondeln, in Barkassen.

In diesem ausgestorbenen, verschlafenen Venedig machte ein Mann die Probe aufs Exempel. Denn wer jetzt kam, zu dieser ungastlichen, düsteren Zeit, kam nur seinetwegen.

Rechts und links neben dem kanalseitigen Eingang hingen die Plakate. Das gleiche Motiv in handelsüblicher Größe: der Fuji.

Diener in Livree halfen den Gästen aus den Booten und geleiteten sie über den nassen, glitschigen Steg bis hinein ins Haus.

In der feuchten Halle stand eine Reihe Lakaien mit vielarmigen Leuchtern. Sie hatten Mühe, die brennenden Kerzen gegen die Zugluft zu schützen. Sie waren geschickt plaziert und lenkten ab von den Wänden: Dort war der Putz mit den alten Fresken fast vollständig abgebröckelt. Schwammiges Mauerwerk war bloßgelegt. Beginnender Verfall, wohin man blickte.

Ein halbes Dutzend Frauen mit weißen Häubchen und schwarzen Kleidern, im Gesicht diese stramme Verläßlichkeit, sammelten Mäntel ein und bürgten für teuerste Pelze.

Haute Couture wurde darunter freigelegt und Schmuck von etlichen hundert Karat.

Dic Gäste parlierten in sämtlichen Sprachen Europas, während sie die breite Marmortreppe hinaufschritten.

Palm hatte einen Katalog erstanden und wandte sich an Jeroen: »Bleiben Sie unten. Zumindest im Hintergrund. Er könnte Sie erkennen.«

»Es ist zehn Monate her!«

»Trotzdem. Zur Sicherheit.«

Palm und Polazzo und ihre beiden japanischen Begleiter mischten sich unter die Besucher, die nach oben strömten. Und Jeroen tauchte unter.

Über dem Stimmengewirr in den oberen Räumen schwebte sanfte japanische Musik in ihrer fremden Pentatonik.

Der Besucherstrom staute sich vor den Stellwänden, die, mit Grastapete bespannt, die riesigen Räume in zahllose Kabinen teilten. Dort hingen zu Hunderten die Bilder van Reijns – Tuschzeichnungen in der Manier des Zen-Buddhismus.

Sie waren den Meisterwerken Mizuguchis durchaus ebenbürtig. Allerdings war ein größerer Kontrast nicht denkbar: nach der asketischen Bilderschau, damals in Japan, jetzt dieses Massenangebot mit Jet-Set-Rummel für die High-Society. Sicher, auch ein paar Kunstkenner hatten sich eingefunden und waren ebenso tief beeindruckt wie verwirrt. Aber was überwiegend an den Bildern vorbeidefilierte, schwatzte, an Cocktails nippte, suchte in erster Linie nur die Show.

Inmitten einer Gruppe glühender Bewunderer stand van Reijn in einem schlichten, grauen Anzug und machte Konversation. Er schien um mehr als nur um 10 Monate gealtert. Er legte gerade einem Greis, der neben ihm stand, die Hand auf die nach vorn gesunkene Schulter und stellte ihn vor:

»Professor Colessanti. Er war schon als Kind ein Mathematik-Genie.«

Die Umstehenden waren beglückt. Der unscheinbare ältere Herr mit dem schütteren Haar befand sich sofort im Mittelpunkt des Interesses. Bescheiden wehrte er ab: »Oh, das ist lange her – lange her – damals in Ravenna . . .« Die Hand van Reijns wanderte weiter – von Colessantis Schulter zu seinem Nacken. Dort blieb sie in einer vertrauten Geste.

Van Reijn fuhr fort:

»Er hat unsere mathematische Logik verändert wie kaum ein anderer – ohne jemals in die Öffentlichkeit zu treten. Die Programmierung unserer Großrechner erfolgt noch heute nach seinem System – aus den dreißiger Jahren . . .«

Wieder wehrte der Professor bescheiden ab:

»Das war nur ein Anfang.«

»Jetzt hat er ein neues System entwickelt«, fuhr Reijn fort. »Es bedeutet eine Revolution – aber er spricht nicht darüber.«

Da verkündete der Professor in seinem fehlerhaften Deutsch und mit gedämpfter Stimme sein Geheimnis:

»Ich werde veröffentlichen noch in diesem Jahr!«

»Ja,« sagte Reijn, während er den Nacken seines greisen Freundes freigab, »und bis dahin ist Professor Colessanti mein Gast.«

Palm war unbemerkt hinter van Reijn getreten und hatte die Unterhaltung verfolgt.

Polazzo flüsterte Palm ins Ohr: »Wenn Sibilla noch lebt, muß sie hier sein!«

Palm zuckte die Schultern, sah sich um.

»Ich habe sie nirgends entdeckt. Wir werden ihn fragen!«

Aber es kam anders:

Die beiden japanischen Begleiter Palms hatten die Bilder van Reijns eingehend betrachtet – eins nach dem andern.

Jetzt traten sie zu Palm und nahmen ihn beiseite. Der ältere der beiden sprach lange und eindringlich auf ihn ein. Palm nickte, drängte sich durch die Gruppe um van Reijn und sprach ihn an: »Verzeihen Sie, Herr van Reijn – meine beiden japanischen Begleiter sind Experten. Sie würden sich glücklich schätzen, wenn Sie ihnen einige Minuten schenken würden.«

Van Reijn betrachtete Palm erstaunt und nicht ohne Mißtrauen. Die beiden Japaner verneigten sich, Reijn erwiderte den Gruß. Sein verbindliches Lächeln war verschwunden. Die Neugierigen, die ihn umringten, beobachteten das Zeremoniell mit Befriedigung. Endlich schien die Szene exotisch zu werden.

Van Reijn wandte sich um, hob entschuldigend die Hände: »Ich fürchte, ich muß Rede und Antwort stehen. Wir sehen uns noch.«

Er trat aus dem sich öffnenden Kreis seiner Bewunderer, forderte Palm und seine Begleiter auf, ihm zu folgen, durchschritt rasch die Halle, drängte an Besuchergruppen vorbei und stellte sich schließlich in einer abgelegenen Nische dem offenbar unvermeidlichen Verhör.

»Ja – bitte!«

Reijn blickte Palm herausfordernd an.

»Mein Name ist Palm. Hier, meine beiden Freunde aus Japan: Professor Ashikaga und sein Assistent Doktor Sakkuru.«

Wieder verneigten sich die Vorgestellten, wieder dankte van Reijn, während Palm weitersprach. »Die beiden Experten bezweifeln ganz einfach, daß diese meisterhaften Bilder hier durch die Hand eines Europäers gestaltet worden sind. Die Kunst des Zen, behauptet Professor Ashikaga, ist als einziges Produkt Japans nicht exportfähig.«

Reijn lachte, wechselte einige Worte mit den Experten – auf japanisch natürlich, was Palm nicht weiter erstaunte.

Nach etlichen Sätzen unterbrach van Reijn, wandte sich wieder an Palm: »Sie entschuldigen – ich nehme an, Sie sprechen japanisch?«

Palm verneinte:

»Leider nicht. Doch Sie haben lange in Japan gelebt?«

»Einige Monate.«

Palm versuchte die weitere Strategie zu planen, da fuhr van Reijn bereits sehr höflich fort: »Aber ich bin gerne bereit, den Beweis für meine Urheberschaft anzutreten. Bitte . . .«

Er ging voraus, nahm einen Schlüssel aus seiner Tasche, öffnete eine Türe, die in ein Seitenzimmer führte, und ließ seine Gäste eintreten.

Der Raum war fast leer. Er lag im Dämmerlicht.

Van Reijn betrat ein Podest, das wie eine niedrige Bühne die Hälfte des Raumes einnahm und mit Tatamis belegt war.

Er hatte seine Schuhe abgestreift, dann öffnete er die Fenster, stieß die Läden auf und blickte hinunter auf den Kanal.

Seine Gäste warteten neben der Tür.

Van Reijn ließ sich Zeit.

Langsam schloß er die Fenster, ordnete die Vorhänge und suchte auf einem Lacktisch aus einem Stapel Reispapier ein geeignetes Blatt.

Dann ließ er sich nieder, kniete sich hin auf die Matte vor das Papier, öffnete den Kasten mit dem Tuschstein, füllte Wasser in die Vertiefung, drehte den Pinsel.

Er schloß die Augen – so verharrte er viele Sekunden. Dann begann er zu malen.

Er setzte den Pinsel kräftig auf, hob ihn leicht ab und ließ den Schwung einer Linie entstehen.

Der Pinsel bog sich zu Rundungen, spreizte sich, drehte sich auf, und ohne ihn abzusetzen, entstand die Kontur eines Berges.

Dann huschte der Pinsel zum Rand, zauberte in Sekundenschnelle drei krause Schriftzeichen auf das Papier.

In weniger als einer Minute war alles vorüber.

Van Reijn legte den Pinsel zur Seite, atmete tief mit geschlossenen Augen und bewegte sich nicht.

Nach einer langen Pause trat der ältere der beiden Japaner zu dem Podest, schlüpfte aus seinen Schuhen und stieg nach oben.

Er blickte van Reijn lange und nachdenklich über die Schulter, dann wandte er sich an Palm – und nickte ihm zu.

Palm durchbrach das Schweigen: »Herr van Reijn – wir sind überzeugt. Meine japanischen Freunde und ich – danken Ihnen. Es war sehr eindrucksvoll, wirklich – und sehr informativ.«

Van Reijn erhob sich, verbeugte sich vor Palm, vor den Experten, dann verließ er das Podest.

Palm sprach weiter, während van Reijn mit einer lässigen Bewegung in seine Schuhe schlüpfte: »Meine beiden Freunde sagten mir vorhin, die Bilder erinnerten sie an einen Meister des Zen – an den Maler ... ich bin, wie gesagt, kein Experte. An Mizu ...«

Van Reijn ergänzte: »Mizuguchi.«

Die beiden Japaner lächelten, verbeugten sich, wiederholten leise und freudig und voller Hochachtung: »Mizuguchi san, Mizuguchi, yes ... hai, hai ...«

Palm fuhr fort: »Mizuguchi, ja. Der Künstler lebt noch?«

Van Reijn schüttelte bedauernd den Kopf.

»Er starb vor einigen Monaten.«

Scheinbar ungerührt führte Palm den Schlagabtausch fort, denn die Recherchen des *Blauen Palais* waren sehr detailliert:

»Ach, ja? Er starb?«

Reijn nickte: »Er wurde fast neunzig.«

Palm wirkte erstaunt: »Ein gesegnetes Alter. Sie kannten ihn persönlich?«

Reijn machte sich auf den Weg zur Tür, die Vorstellung war für ihn beendet:

»Es war mir die Freude vergönnt, bei ihm lernen zu dürfen.

Ich bin sein Schüler. Meine Kunst ist sein Vermächtnis.«

Palm und seine Begleiter waren van Reijn gefolgt, der die Tür von innen wieder aufschloß und sich entschuldigte: »Es war mir ein Vergnügen, meine Herren. Aber Sie wissen, ich habe heute sehr viele Gäste!«

Palm öffnete die Tür – aber nicht, um den Raum zu verlassen. Er winkte Palazzo und Jeroen herbei, die draußen gewartet hatten.

Als die beiden eingetreten waren, schloß Palm die Tür wieder und lehnte sich dagegen.

»Darf ich Ihnen zwei weitere Freunde vorstellen – und noch eine letzte Frage an Sie stellen, Herr Rheinberger – Verzeihung – Herr van Reijn.«

Reijn reagiert nicht auf auf das Spiel mit seinem Namen, eher schon auf die Form, die dieses Verhör nun anzunehmen schien.

»Ich glaube nicht, daß dies der richtige Zeitpunkt ist, mir Fragen zu stellen!«

Palm blieb ruhig und verbindlich:

»Warten wir's ab. Mein Name ist, wie gesagt, Palm, Louis Palm. Ich leite ein wissenschaftliches Institut. Ich verstehe nicht viel von Malerei – aber als Wissenschaftler bewundere ich sie.«

»Danke.« Van Reijn strahlte plötzlich eine ungeheure Kälte aus. »Darf ich Sie bitten, die Türe freizugeben.«

Doch Palm ging nicht darauf ein, er fuhr in seinem Gedankengang fort: »Als Wissenschaftler, wie gesagt. – Als Mensch ist mir das leider nicht möglich, da bin ich in Vorurteilen befangen – in moralischen, in juristischen.

Aber als Wissenschaftler . . . Da kokettieren wir doch manchmal mit dem Gedanken, wir wären in gewissem Sinne exterritorial! Nun ja . . .

Ich wünschte mir, wir könnten uns näher kennenlernen. Ich möchte Sie einladen. Unser Institut steht Ihnen zur Verfügung. Wir möchten vieles von Ihnen erfahren – Herr Rheinberger. In einem Punkt sind wir uns nämlich einig: Sie sind vermutlich einer der genialsten Biochemiker unserer Zeit.«

Es war ein seltsames Ritual, ein seltsames Duell, das diese beiden Männer auszutragen schienen. Beide blieben leise und höflich, und doch war es ein Kampf mit blanken Messern.

»Ich fürchte, Sie verwechseln mich.«

Van Reijn war keinerlei Unruhe anzumerken.

»Das wäre zumindest eine Erklärung für Ihr überaus taktloses Verhalten. Außerdem sprachen Sie mich zweimal mit einem falschen Namen an.

Ich besitze, zugegebenermaßen, eine große Anzahl von Talenten, aber als Wissenschaftler habe ich mir bisher keine Lorbeeren verdient. Ihre Einladung anzunehmen, wäre deshalb unbescheiden und unverdient. Wir sehen uns noch, ja.«

Er war auf Palm zugetreten, hatte nach dem Griff der Türe gefaßt und war bereit, sich den Weg mit Gewalt freizumachen. Aber Palm sprach unbeirrt weiter: »Eine große Zahl von Talenten, gewiß. Wer, glauben Sie, würde sich mehr für den Ursprung dieser Talente interessieren – die Wissenschaft oder die Polizei?«

Van Reijn wich zurück.

»Ich verstehe immer weniger, was Sie von mir wollen. Es gibt über mich viele Geschichten – daran ist die Öffentlichkeit gewöhnt.

Ich bin sehr bekannt, wie Sie wissen. Von Ihnen habe ich noch nie gehört.«

»Vielleicht doch.« Palm genoß die Situation immer mehr. »Sie kennen eine Mitarbeiterin von mir sehr gut. Eine junge, schöne Rumänin. Sibilla Jacopescu.

Sie wurde zuletzt mit Ihnen gesehen – vor zehn Monaten. Seither ist sie verschwunden.«

»Ach, Sie sind das, jetzt weiß ich.« Van Reijn spielte das freudige Aufleuchten plötzlichen Verstehens meisterhaft. Aber diesmal blieb Palm inquisitorisch und kalt: »Wo ist Sibilla Jacopescu?«

»Sie wollen sie sprechen?«

Van Reijn lächelte gewinnend von einem zum anderen.

»Natürlich. Sie wird sich freuen, Sie wiederzusehen. Ich bringe Sie nach oben.«

Eine Geste zur Türe, Palm trat zur Seite, und van Reijn ging hinaus in den Saal.

Mit ungebrochener Sicherheit drängte er sich durch die Schar seiner Gäste, grüßte hierhin, nickte dorthin. Dann stieg er die Treppe hinauf zu den oberen Räumen.

Die beiden japanischen Experten, die dem verbalen Zweikampf nicht hatten folgen können, waren ratlos in den Ausstellungsräumen zurückgeblieben. Nur Palm, Polazzo und Jeroen folgten van Reijn.

Jeroen flüsterte: »Er ist nicht zu beeindrucken!«

Palm nickte zustimmend.

Da öffnete sich vor ihnen eine zweiflügelige Tür.

23

Es schien widersinnig: In das Innere eines zerfallenden venezianischen Palazzo hatte van Reijn das Interieur eines japanischen Teehauses plaziert.

Papierwände verdeckten den verwitterten Putz, die fleckigen und verstockten Seidentapeten.

Vor einem Rollbild – sei es von Mizuguchi, sei es von Reijn – ragte aus einem uralten, kostbaren Porzellangefäß ein kunstvolles Arrangement dürrer Zweige, gesteckt nach den strengen Regeln der Ikenobo-Ikebana-Schule.

Sonst war der Raum leer – bis auf eine eigenartige Versammlung von Menschen: Europäer, offenbar Besucher der Ausstellung, saßen mit ungewohnt angewinkelten, schmerzenden Beinen auf dem Boden und unterwarfen sich einem Ritual, das durch den Auftritt van Reijns und seiner Begleiter roh gestört worden war.

Eine Japanerin in weißem Kimono drehte gerade das Teegefäß in den beiden erhobenen Händen, um es den Gästen zu kredenzen. Sie saß mit dem Rücken zur Tür.

Da sprach van Reijn sie an – auf japanisch –, und sie antwortete in der gleichen Sprache. Es waren nur zwei, drei Sätze. Dann verneigte sie sich, stellte das Teegefäß auf den Boden, wandte sich um – und starrte die Eindringlinge fassungslos an.

Van Reijn sprach nun deutsch auf sie ein: »Drei alte Bekannte möchten dich begrüßen, Sibilla. Oder sind es drei alte Freunde?«

Ungläubig und wie gelähmt, saß sie auf dem Boden und blickte von einem zum anderen.

Was sie empfand, war nicht zu erraten. Ihr unbewegliches, geschminktes Gesicht hatte beinahe asiatische Züge angenommen.

Jeroen durchquerte den Raum, betrat die Matten und beugte sich zu ihr: »Sibilla, was soll diese Maskerade . . . Sibilla!«

Er packte sie an der Schulter und rüttelte sie aus diesem Traum. Sie wachte auf – erschrak – geriet in grenzenlose Panik. Verstört schlug sie die Hände vor die Augen.

Dann stand sie auf, taumelte – Jeroen versuchte sie zu stützen, aber sie riß sich los –, drängte an Reijn und Palm vorbei durch die Tür und lief die Treppe nach unten. Jeroen folgte ihr als erster, dann Polazzo und Palm. Sie erreichte den Eingang zum Saal, prallte vor den Besuchern zurück, lief trotzdem hinein, schlängelte sich zwischen den einzelnen Gruppen hindurch, erregte Unruhe und Aufmerksamkeit – und verschwand zwischen den Menschen.

Jeroen machte sich auf die Suche, traf irgendwann auf Palm: »Was ist passiert mit ihr? Was hat er mit ihr gemacht?« Aber er wartete die Antwort gar nicht erst ab, sondern drängte sich weiter durch die Menge.

Das Nebenzimmer, Reijns Werkstatt, in der er eine Probe seines Talentes gegeben hatte, stand offen.

Auf dem bühnenartigen Podest hockten die beiden japanischen Experten, immer noch vertieft in das improvisierte Bild. Sie blickten die drei hereinstürmenden Männer verwundert an, die sich suchend umsahen und schließlich ratlos in der Mitte des Raumes stehenblieben.

Da heulte unten am Kanal der Motor eines Bootes auf. Ohne sich um japanische Etikette zu scheren, sprang Jeroen nach kurzem Zögern – mit Schuhen – auf die Matten der Werkstatt, lief zum Fenster und riß es auf.

Reijn hatte den Motor eines großen Bootes gestartet, half Sibilla gerade, an Bord zu kommen.

Ihre kunstvolle, japanische Frisur war zerstört, die Haare hingen lose herunter. Sie war barfuß. Ihre Sandalen hatte sie verloren. Auch der breite Seidengürtel des Kimono fehlte.

Reijn blickte sich um, zurück zum Haus, zum Tor der Wasserseite – dann bemerkte er die drei Männer oben am Fenster.

Er sah sie, aber er nahm sie nicht zur Kenntnis. Mit einer für Venedig unzulässigen Bugwelle legte das Motorboot ab.

Palm schloß das Fenster.

»Ich glaube, wir haben ihn doch beeindruckt!«

Dann liefen die drei Männer los.

Sie durchquerten die Ausstellung. Die Gäste standen immer noch in Gruppen herum und machten Konversation. Sie hatten zwar die Unruhe bemerkt, aber sonst nichts begriffen.

Palm, Jeroen und Polazzo drängten zur Treppe, hasteten nach unten, liefen durch die Halle zum Steg und sprangen in das schnellste der bereitliegenden Boote. Polazzo hatte große Mühe, dem wartenden Bootsmann klarzumachen, daß es um Sekunden ging.

Als das Boot endlich ablegte, waren Reijn und Sibilla längst verschwunden.

Eine trübe Wintersonne hatte sich freigekämpft und tauchte dieses langsam versinkende Weltwunder Venedig in ein sanft-gelbes Licht. Canaletto hätte gejubelt.

Eine Totengondel mit dem schwarzverhangenen Sarg zwischen den beiden Gondolieri versperrte den Verfolgern van Reijns die Durchfahrt durch einen Kanal. Auf ihrem Weg zum *Pompefunebri*, zur Beerdigung auf der Insel San Michele, war sie im ungeeignetsten Augenblick gekommen. Aber auch die engen, verwinkelten Wasserstraßen des Quartiers Cannaregio nahmen den Verfolgern jede Chance, van Reijn irgendwo einzuholen und zu stellen.

Andererseits: wo sollte er hin? Zum Lido, nach Murano, nach San Erasmo, zum Flughafen Marco Polo oder einem anderen Ort am Festland, wo er umsteigen konnte, um seine sinnlose, ungeplante Flucht mit seiner maskierten Japanerin fortzusetzen?

Palm und seine Begleiter hielten an jeder Kreuzung dieser winzigen Wasserläufe Ausschau nach dem fliehenden Boot – ohne Erfolg.

Sie fuhren unter Dutzenden von Brücken hindurch, an unzähligen Straßen und Plätzen entlang.

Die Stadt wirkte wie ausgestorben, wie eine Operndekoration, nachdem der Vorhang gefallen ist.

So erreichten sie schließlich die offene Lagune. Der Vaporetto kam ihnen entgegen, der an diesem Sonntag nur sein eigenes Personal transportierte. Als sie die Heckwelle des Dampfers passiert hatten, entdeckten sie plötzlich van Reijn.

Weit vor ihnen rauschte sein Boot durch das faulige Wasser der Lagune.

»Wo will er hin?« rief Jeroen. Aber das war inzwischen keine Frage mehr.

Van Reijn steuerte die langgestreckte Reihe der Seezeichen an, die den tiefsten Wasserweg hinaus ins offene Meer markierten.

»Er ist wahnsinnig!« Polazzo hatte richtig kombiniert.

»Er will raus in die offene See. Durch die Brandungszone. Um diese Jahreszeit, mit diesem Boot – das ist Selbstmord.«

Auch eine Möglichkeit, sich aus der Affäre zu ziehen, dachte Palm, eine Geschichte mit einem letzten, dramatischen Höhepunkt zu beenden.

Der Steuermann des Verfolgerbootes holte das Letzte aus seinem Motor – aber die Chance, van Reijn einzuholen, bevor er die offene See erreichte, war gleich null.

Trotzdem blieben sie hinter ihm, sahen, wie sich der Abstand von Minute zu Minute verringerte, und hofften auf van Reijns Einsicht – oder auf ein Wunder.

»Sibilla!! Sibilla!!!« Jeroen brüllte ohne Sinn und Verstand gegen den Lärm der zwei hochgejagten Maschinen an.

»Sinnlos. Sie hört dich nicht«, sagte Polazzo – aber da sah Sibilla sich um.

Die abendliche Sonne beleuchtete deutlich den weißen Kimono und das geschminkte Gesicht.

Ihre rotblonden Haare wehten im eisigen Fahrtwind.

So sah sie ihren näherkommenden Verfolgern entgegen, zeigte aber keinerlei Reaktion.

Jeroen stellte sich auf die Bank des Ruderhauses und blickte über die hohe Scheibe. Der Wind preßte ihm Tränen aus den

Augen. Er winkte, schrie – aber sie stand nur da, dicht neben diesem van Reijn, und schaute zurück. Unbeweglich, starr. Vielleicht galt der Blick auch nicht ihnen, vielleicht galt er der Stadt in diesem unwirklichen, unwahrscheinlichen Winterlicht.

Vielleicht ahnte sie, wohin die Reise gehen könnte, und sah lieber ein letztesmal zurück, nahm lieber einen letzten Blick auf diese steingewordene Elegie mit hinüber.

Dunst trieb heran oder Nebel und verwischte das Bild. Das Boot fing an zu schlingern trotz der hohen Geschwindigkeit, denn die Dünung der aufgewühlten Wintersee drängte durch die schmale Pforte der Lidi weit in die Lagune hinein. Die Männer im Verfolgerboot klammerten sich an, wurden hin und her geworfen – nur Sibilla schien dort vorn in ihrer starren Unbeweglichkeit anderen physikalischen Gesetzen zu gehorchen.

Vielleicht war sie schon nicht mehr von dieser Welt, war aufgesogen worden von diesem Gehirn, das dicht neben ihr dachte und trotz aller geplünderten und eingeheimsten Talente seinen eigenen Untergang plante.

Die weißen Schaumkronen der offenen See tauchten auf. Der Führer des Verfolgerbootes reduzierte die Geschwindigkeit, rief Polazzo zu, er werde nun kehrtmachen. *Ein* Verrückter, so meinte er, sei fürs erste genug. Zurückfahren und die Küstenwacht verständigen, mehr könne er im Augenblick nicht tun. Die käme zwar sicher zu spät, aber es beruhige das Gewissen.

Jeroen brüllte noch ein letztesmal an gegen die Maschinen, den Gischt, den einsetzenden Sturm, vor dem sie bis jetzt die Leeseite des Lido geschützt hatte.

Da stoppte van Reijns Boot, verlor in Sekunden seine Geschwindigkeit gegen Schwell und Dünung und legte sich quer zur Strömung –

Sibilla hatte den Zündschlüssel abgezogen.

Sie hielt ihn noch einige Augenblicke lang in der Hand, den Arm weit ausgestreckt über das Wasser.

Aber ehe van Reijn reagieren konnte, ließ sie ihn fallen. Die Jagd war zu Ende.

Unrühmlich still, ohne rechten Höhepunkt.

Ein kleiner Schlüssel war ins große Meer gefallen. Weil eine junge, gescheite Frau nach allen Irrungen und Verwirrungen meinte, nun sei's genug.

Das Boot der Verfolger verlangsamte seine Fahrt, umrundete van Reijns Yacht, die steuerlos in der kräftigen Dünung dümpelte.

Van Reijn hatte sich auf die Verkleidung des Motors gesetzt und blickte zum Horizont.

Sibilla stand immer noch an der gleichen Stelle und beobachtete Jeroen und die anderen.

»Ich wollte Sie nur fragen, Herr van Reijn«, rief Palm hinüber, »ob Sie meine Einladung immer noch ausschlagen . . .«

Van Reijn antwortete nicht.

Nach einer Pause rief Sibilla zurück: »Er nimmt an!«

24

In der Geschichte von Menschenraub und Entführung gab es keinen Fall, der undramatischer verlaufen wäre.

Schweigend nahm van Reijn am nächsten Morgen Platz in Palms Wagen, schweigend fuhr er in Begleitung einer Dame und dreier Herren in drangvoller Enge zwölf Stunden über einen Alpenpaß, zwei Landesgrenzen, durch drei Länder. Viermal reichte er, schweigend und ohne Widerstand, seinen Reisepaß zur Visitation durch das Fenster. Schweigend nahm er Sandwich um Sandwich zu sich, das man ihm reichte, und Becher um Becher lauwarmen Kaffees aus der institutseigenen Thermoskanne. Sein Schweigen erstickte irgendwann auch jede weitere Diskussion. So erreichten sie schließlich das *Blaue Palais.* Die Nacht war längst hereingebrochen.

Paul Kühn und Yvonne hatten auf telefonische Anweisung hin ein Gästezimmer vorbereitet. Es lag im ausgebauten Speicher des

Hauptgebäudes und hatte den Vorzug, ausbruchsicher zu sein.
Van Reijn bezog es schweigend.

Für Sibilla und Jeroen kam eine lange Nacht – nein, nicht eine Nacht der Liebe, noch nicht. Das wäre zu einfach gewesen und auch zu schwer.

Eine Nacht des Begreifens, sich selbst und des anderen, eine Nacht des Erinnerns, des Fürchtens, des Erfahrens. Eine Nacht voller Verzweiflung, voller Verstehen und Verzeihen.

Am nächsten Morgen begann das Verhör. Es dauerte 48 Stunden – ohne Pause.

Die Mitglieder des *Blauen Palais* lösten sich ab nach einem genauen Zeitplan, den Palm aufgestellt hatte. Befragung, Auswertung. Rund um die Uhr liefen die Bänder durch den Recorder, wurden Notizen gemacht, Fragen gestellt, Antworten ausgewertet.

Das Ergebnis war unergiebig.

Denn 48 Stunden, rund um die Uhr, hüllte sich van Reijn in Schweigen. Nur seine Eitelkeit ließ ihn manchmal Fakten nennen, Namen, Zusammenhänge.

Er saß auf einem Hocker, unrasiert, übermüdet. Es gab keine Lehne, der Hocker stand ein gutes Stück von der Wand entfernt.

Van Reijn versuchte nicht, diesen Umstand zu ändern. Das Licht einer Tischlampe strahlte ihm ins Gesicht. Er hatte seinen Mantel um sich gewickelt und fröstelte. Und er schwieg.

»Weiter . . .« Palm wartete geduldig. »Weiter . . . ich habe Sie etwas gefragt.«

Reijn schwieg.

»Wer war das erste Opfer?«

Das Schweigen dehnte sich endlos.

»Haben Sie Durst? Wollen Sie Kaffee?«

Reijn schüttelte den Kopf.

Schließlich sagte er: »Lassen Sie mich endlich in Ruhe!«

Das ist eine Folter, dachte Palm. Aber wir haben ein Recht dazu, und er hat es verdient.

Es wurde hell hinter dem kleinen Fenster, das eingelassen war in die steile Schräge des Daches.

Palm sah auf seine Uhr. Noch zehn Minuten bis zur Ablösung. Nach zwei Tagen, zwei Nächten kein greifbares Ergebnis. Er machte weiter: »Ich bin genauso übermüdet wie Sie!«

Palm versuchte es auf die menschliche Tour.

»Glauben Sie, die Polizei würde humaner mit Ihnen verfahren? Wir haben genügend Material für den Staatsanwalt. Aber dann wäre Ihr Fall für die Wissenschaft verloren.«

Reijn atmete tief und lächelte müde: »Tun Sie's doch . . . tun Sie's doch . . .!«

Palm lehnte sich zurück:

»Ich sagte doch schon: Davon hat die Wissenschaft nichts. Sie verschwinden für den Rest Ihres Lebens in einem Zuchthaus. Wo läge darin ein Sinn?«

Sibilla beugte sich vor, kontrollierte das laufende Tonband. Palm blickte sie an. Sie wich ihm aus.

Palm befragte also weiter, ruhig, geduldig, immer die gleichen Fragen:

»Das erste Opfer – wie viele Opfer –?«

Da plötzlich sprach van Reijn, beiläufig, leise, als ginge ihn das Ganze nichts an:

»Ein junger Pianist. An Leukämie erkrankt. Nicht zu retten. Es war ein Vermächtnis.«

»Ein Vermächtnis?« Palm blickte Reijn zweifelnd an.

»Ja. Ein Vermächtnis.«

»Gut. Und weiter?«

»Ein Virtuose des Schachspiels. Nach dem zweiten Infarkt zusammengebrochen.«

»Wieder ein Vermächtnis, ja?«

Van Reijn nickte nur schwach.

Nach einer Pause fuhr Palm nachdenklich fort: »Es ist schade um das menschliche Gehirn, wirklich! Ein Leben lang wird es programmiert und gefüttert mit Erfahrung und Information. Und in der letzten Sekunde, der Sekunde des Todes – vorbei! Die Tragödie des Menschseins . . .«

Van Reijn blickte zu Palm. Er war irritiert.

Da begann das Fragespiel von neuem.

»Weiter: Wie viele Opfer?«

In der nun folgenden Pause hörte man Schritte, knarrende Dielen, die Türe wurde geöffnet.

Jeroen trat ein.

Er sah sich kurz um, dann beugte er sich zu Sibilla.

»Ablösung. Komm, geh schlafen.«

Aber Sibilla schüttelte den Kopf.

Jeroen gab nicht nach: »Komm, es ist bereits Tag!«

»Ich weiß.«

Sie stand auf, trat an das kleine Fenster, schob den Vorhang zur Seite. Kaltes Licht erfüllte den Raum. Jeroen hatte Sibillas Platz eingenommen, da fragte ihn Palm: »Wieviel Band ist noch drauf?«

Jeroen kontrollierte das Gerät, als Sibillas Antwort kam: »Halbe Stunde.«

»Danke.«

Palm machte sich eine Notiz. Dann blickte er nochmals auf und sagte um eine Nuance zu scharf: »Machen Sie die Vorhänge wieder zu, Sibilla!«

Er senkte den Kopf, um weiterzuschreiben. Aber Sibillas Antwort hinderte ihn daran: »Nein!«

Sie stand neben dem Fenster und verweigerte jeden Befehl.

»Nein! – Das ist unerträglich!«

Sie atmete heftig.

»Ich bin schuld daran, daß er hier ist!«

Sie sah van Reijn verzweifelt und mitleidsvoll an: »Ich will auch nicht mehr wissen, wie er das alles gemacht hat. Es interessiert mich nicht mehr!«

Seine Tortur ist auch ihre Tortur, dachte Jeroen, als sie fortfuhr: »Er hat es mir nicht erzählt – er wird es niemandem erzählen. Vielleicht ist es besser, wir erfahren es nicht!«

Palm sah sie an, ernst und nachdenklich, bevor er sie fragte: »Wie wollen Sie das verhindern? Es ist doch alles nur eine Frage der Zeit. Erkenntnisse lassen sich nicht verschweigen. Jedes Geheimnis wird irgendwann gelöst.«

Van Reijn warf Palm einen kurzen triumphierenden Blick zu, dann zog er sich wieder in sich zurück.

Palm wandte sich an Jeroen: »Das theoretische Prinzip ist Ihnen doch klar, Kollege de Groot?«

Der nickte:

»Das theoretische Prinzip, ja – vielleicht.

Aber die praktische Ausführung ist für mich unvorstellbar.«

Jeroen wandte sich an van Reijn und übernahm nun weiter die Rolle des Befragers:

»Was war mit diesem Virus? – Schleust es die RNS in die Zelle? – Welche Abschnitte? – Wie wählt man aus? – Wie unterdrückt man die unerwünschten Informationen? – Wie erkennt man jene Gen-Stücke, die die Gedächtnisleistung beeinflussen?«

Auf keine der Fragen, die Jeroen mit großem Nachdruck gestellt hatte, gab van Reijn eine Antwort. Jeroen resignierte. Er sah zu Palm. Der stellte die nächste Frage:

»Wie viele Opfer?«

Mit den letzten Resten an Kraft, die ihr verblieben waren, versuchte Sibilla diese inquisitorische Befragung zu beenden.

»Hören Sie doch endlich auf! Ist das noch wichtig? Rechnen Sie nach: eines für jede Sprache, eines für jedes Talent.«

Der Einwurf van Reijns war wie ein Aufstöhnen gegen Ignoranz und Verständnislosigkeit: »Vermächtnisse!«

Ohne darauf einzugehen, redete Sibilla weiter, voller Haß und Aggression: »Warum befragen Sie ihn? Was wollen Sie wissen? Was soll er gestehen? Daß er ein Mörder ist? Sie wollen ihm beweisen, daß Sie Macht haben über ihn – daß Sie hier der Boß sind – daß Sie hier das Sagen haben – daß Sie hier kaputtmachen, wenn Sie wollen . . .!«

Palm war völlig ruhig geblieben: »Ziehen Sie die Vorhänge zu!«

»Nein!« Sibilla riß das Fenster auf. »Es wird Tag. Und es soll Tag sein!«

Sie blickte hinaus, atmete tief.

Van Reijn wickelte sich fester in seinen Mantel:

»Mir ist kalt.«

»Ja, entschuldige.« Sibilla schloß das Fenster, dann trat sie dicht zu ihm: »Felix – wenn wir gehen, wenn wir dich jetzt in Ruhe lassen, denk nach, was du uns erzählen willst. Schreib es auf. Hier.« Sie nahm den Schreibblock, den Palm neben sich auf einen Stuhl gelegt hatte, riß die beschriebenen Seiten ab, legte den Rest, zusammen mit dem Stift, vor van Reijn auf den Tisch direkt neben das Mikrofon.

Van Reijn reagierte nicht.

Nur Palm stand auf, abrupt, und verließ den Raum.

Jeroen stellte das Tonbandgerät ab, löschte das Licht und wartete in der Türe auf Sibilla.

Die stand immer noch vor van Reijn, aber der sagte kein Wort, gab kein Zeichen, blickte nicht hoch.

»Bitte, schließen Sie ab, Herr de Groot!« Palm lehnte am Geländer der Treppe.

Sibilla hatte die Tür hinter sich zugezogen, Jeroen drehte den Schlüssel im Schloß, zog ihn ab, gab ihn weiter an Palm. Schweigend und in großem Abstand stiegen die Drei die Treppe hinunter, Stockwerk um Stockwerk, bis in die Halle. Dort wartete Yvonne:

»Was hat er gesagt?«

»Nichts.«

Sibilla blickte durch die Scheiben hinaus in den winterlichen Park. Kühn verbrannte dürre Zweige im Schnee. Jeroen brachte zwei Becher mit heißem Kaffee, gab einen Sibilla. Dann legte er den Arm um sie.

Aber sie wollte allein sein. Nicht allein für sich, einsam in ihrem Zimmer – sondern allein inmitten der anderen. Das Feuer loderte auf, Kühn warf immer mehr Reisig in die Flammen, dann trat er zurück, schützte die Augen vor der sengenden Hitze.

Sibilla wandte sich ab, ging in die Mitte des Raumes, setzte sich völlig isoliert auf einen der Stühle.

Aber ihr Wunsch, allein zu sein, ging nicht in Erfüllung. Palm bahnte sich einen Weg durch das Chaos der leeren Stühle und setzte sich dicht neben sie.

Es war als Geste der Entschuldigung gedacht, als Eingeständnis. Und Sibilla akzeptierte das und sah ihn an.

Da schien etwas passiert zu sein – draußen im Park. Kühn hatte sein Feuer im Stich gelassen, kam schreiend auf die Terrasse gelaufen und trommelte gegen die Scheiben der Halle.

Sibilla war als erste aufgesprungen.

Jeroen hatte kaum die Glastüren entriegelt, da drängte Kühn bereits ins Haus: »Der steht auf dem Dach. Der springt. Schnell!«

Sibilla rannte hinaus, Palm folgte, dann Jeroen und Yvonne. Sie blickten nach oben.

Das kleine Fenster des Mansardenzimmers stand offen.

Van Reijn war hinausgeklettert und über das steile Dach bis zur morschen Regenrinne abgerutscht. Jetzt stemmte er sich mit den Füßen dort ein, lehnte an den bemoosten, glitschigen Ziegeln und versuchte, in die Tiefe zu schauen.

»Felix – nein!!!«

Aber van Reijn reagierte nicht auf Sibillas Schrei. Er richtete sich auf.

Rostige Teile der Regenrinne brachen aus, segelten die vier Stockwerke nach unten.

Yvonne schrie auf, biß sich in die Hand.

Aber noch stand van Reijn, aufrecht, beugte sich vor, schwankte ...

Sibilla wollte sich abwenden, ihr Gesicht an Jeroens Schulter verstecken, nichts mehr sehen ...

Aber sie kam nicht los mit dem Blick, konnte nicht einmal die Augen schließen, als Reijn gesprungen war.

Der Aufprall war dumpf, der Schnee, der vom Dach gerutscht war, hatte ihn gemildert.

So war van Reijn gegen jede Regel der Wahrscheinlichkeit und Erfahrung bei vollem Bewußtsein, als der Wagen der Ambulanz mit Blaulicht vorgefahren war.

Van Reijn lag auf dem Boden der Halle auf einer Decke und starrte Sibilla an, die neben ihm kniete.

Der Notarzt hatte ihn kurz untersucht und sich an Palm gewandt: »Wir können ihn nicht transportieren!«

Sibilla hatte sich aufgerichtet, war zu Palm und dem Arzt getreten: »Was wollen Sie dann noch? Da ist doch nichts mehr zu machen!«

Die Erschütterung durch diesen Vorfall, die Aufregungen der letzten Tage und Nächte – Sibilla war am Ende ihrer Kraft.

»Sein Körper ist völlig zerschmettert.«

Palm nickte: »Aber er ist bei Bewußtsein.«

Der Arzt zuckte die Schultern: »Ja, das ist erstaunlich.«

Palm nahm den Schlüssel zum Mansardenzimmer aus seiner Tasche und übergab ihn Yvonne.

»Gehen Sie nach oben. Sehen Sie nach, ob er irgendwelche Aufzeichnungen hinterlassen hat.«

Dann wandte er sich wieder an den Arzt.

»Wie lange, was glauben Sie . . .?«

Aber der enthielt sich aller Prognosen.

»Tun Sie etwas! Sie müssen doch irgend etwas tun!« forderte Palm. Aber der Arzt hatte längst resigniert.

Sibilla war hinter Palm getreten: »Er soll das Leiden verlängern, ja?«

Palm schüttelte den Kopf:

»Das Bewußtsein verlängern.«

Yvonne kam die Treppe herunter und brachte den Schreibblock mit. Nur die erste Seite war beschrieben, und es waren nur wenige Zeilen.

Palm hatte sie mit einem Blick überflogen.

»Ist das alles?«

Yvonne gab unnötigerweise den Schlüssel zurück.

»Ja, nichts weiter.«

Palm nickte. Dann las er vor: »Letzter Wille . . . Mein gesamtes Vermögen . . . Frau Sibilla Jacopescu . . . für Forschungen auf einem anderen Gebiet. Felix Rheinberger.«

Er reichte das Blatt an Sibilla weiter, lachte bitter und wandte sich ab.

»Vermächtnisse . . . Vermächtnisse!«

Sibilla las dieses improvisierte Testament, gab es weiter an Jeroen. Sein Kommentar war kurz:

»So – also wird niemand mehr erfahren, wie er's gemacht hat, Sibilla – oder?«

Aber bevor sie zu Wort kam, war Palm wieder dazugetreten: »Wir *werden* es erfahren!«

Er schien entschlossen zu sein, wieder die Initiative an sich zu reißen:

»Yvonne, versuchen Sie, Professor Manzini an den Apparat zu bekommen.«

»Manzini? Vom Kuratorium?« Yvonne war nicht immer von rascher Auffassungsgabe.

»Sie erreichen ihn um diese Zeit in der neurochirurgischen Klinik.«

Während sie wieder die breite Treppe nach oben rannte, gab Palm, als Kommentar, ein Geheimnis preis: »Sie können es nicht wissen – niemand weiß es bis heute in der Öffentlichkeit: Manzini experimentiert an lebenden Gehirnen.«

25

Der kleine, weiße Holzpavillon auf der Südseite des Parks war schon vor Jahren für bestimmte Experimente zu einer sterilen Zelle umgebaut worden.

Eine Klimaanlage pumpte einen Überdruck keimfreier Luft in die beiden Räume und in die Schleuse, laminare Luftströmungen schirmten die Arbeitsplätze gegen das Eindringen von Bakterien und anderen Mikro-Organismen ab.

Kleiderwechsel in einem mit UV-Licht bestrahlten Vorraum war Vorschrift.

In diesem Pavillon waren nun Manzini mit zwei seiner Assistenten bei der Arbeit.

Die Blutgefäße eines lebenden Gehirns waren an eine Herz-

Lungen-Maschine angeschlossen worden. In einem Glasbehälter mit Nährlösung war die Schädelbasis fest verankert.

Die Schädeldecke war geöffnet und gab den Blick auf die gefurchte, faltige Struktur der Großhirnrinde frei.

Manzini verband ein Dutzend Sonden, die aus dem Gehirn ragten, mit den Elektroden eines EEG, eines Elektroenzephalographen, der die Gehirnströme und damit die Aktivität des Gehirns aufzuzeichnen hatte. Hinter der Glasscheibe, die das Labor von dem Vorraum trennte, standen Palm, Sibilla und Jeroen und verfolgten die Arbeiten Manzinis an van Reijns Gehirn.

Über ein Mikrofon gab Manzini Anweisungen an den Vorraum durch: »Es empfiehlt sich, regelmäßig den Druck der umlaufenden Nährlösung, Sauerstoffaufnahme und Kohlendioxid-Ausscheidung zu kontrollieren. Der Glukoseverbrauch liegt jetzt bei etwa 1,5 millimol pro Stunde.«

Jeroen kontrollierte die Instrumente der Herz-Lungen-Maschine. Langsam drehten sich die Pumpen und preßten Blutplasma durch die transparenten Schläuche.

Inzwischen hatte Manzini das EEG zugeschaltet. Auf dem Oszillographen war ein heller Leuchtpunkt erschienen, der langsam über den Schirm wanderte und eine Kurve beschrieb. »Gehirnfunktionen sind vorhanden . . . hier: sehr schön!«

Manzini schien begeistert, soweit das bei seiner Vermummung mit Stirnkappe und Mundschutz auszumachen war.

»Ein sehr ausgeglichenes Alpha, wirklich. Das Experiment scheint zu gelingen.«

Er klopfte andeutungsweise auf Holz, fuhr dann fort. »Hören Sie, Palm, ich bin Ihnen sehr zu Dank verpflichtet.«

Palm winkte durch die Scheibe zurück. »Der Dank ist ganz auf unserer Seite. Wir sind aus anderen Gründen am Gelingen des Experiments interessiert.«

Sibilla reagierte heftig. Sie verließ, gewissermaßen als Protest, den kleinen Vorraum und warf die Tür zur Schleuse hinter sich zu.

Manzini hatte es beobachtet.

Er nahm den Mundschutz ab, zuckte die Schulter: »Die junge

Kollegin geht ...? Nun ja, Experimente dieser Art sind ... umstritten. Das menschliche Gehirn ist immer noch tabu.

Wir überschreiten mit unserem Versuch eine Grenze, die vielleicht respektiert werden sollte.«

Er betrachtete das offen liegende Gehirn van Reijns in dem verschlossenen Glasbehälter, das nur noch über Schläuche und Drähte mit der Außenwelt Verbindung hatte. Manzini fuhr fort: »Ein Anflug von Schauer, selbst bei mir.«

Rotes Plasma wanderte durch transparente Schläuche. Der Leuchtpunkt der Gehirnstromkurve zuckte über den Schirm.

»Wie empfindet ein isoliertes Gehirn seine Isolation? Ist ihm seine Lage bewußt? Es ist mir bisher noch nie gelungen, aus den Gehirnstromkurven des Elektroenzephalographen die Empfindungen und Gedanken herauszulesen, die ein nur auf sich selbst gestelltes, von der Außenwelt isoliertes Bewußtsein entwickelt. Wird es versuchen, mit uns in Kontakt zu treten?«

Er blickte wieder durch die Scheibe hinüber zu Palm, der nun seinerseits ins Mikrofon sprach: »Wir werden es feststellen. Steht die Verbindung zwischen Impulsmodulator und Computer?«

Einer der Assistenten hob die Hand: »Einen Augenblick noch ... jetzt!«

Er hatte die Leitung, die das EEG mit dem Rechner im Keller des Palais verband, zugeschaltet.

Palm drehte die Kurbel eines provisorisch installierten Haustelefons, griff zum Hörer: »Herr Büdel – Palm hier. Die Verbindung steht.

Empfangen Sie schon Impulse? – Nein?«

Er warf einen fragenden Blick zu Manzini, der schien ratlos. »Die Gehirnstromkurven sind einwandfrei.

Van Reijn ist sozusagen bei vollem Bewußtsein.« Da bekam Palm bereits neue Informationen:

»Ja, Herr Büdel, ich höre ... Kommen an ... Ja. Ja, ich habe verstanden.«

Er beugte sich gleichzeitig zum Mikrofon, damit Manzini mithören konnte: » ... einzelne digitale Impulse ...

Büdel sagt – ja, ich habe verstanden – ich spreche gerade hier mit Professor Manzini – Also: Büdel sagt – zögernd – als überlege er es sich noch, ob er Kontakt mit uns aufnehmen will . . .

Ja – werden stärker. Verstanden.

Aha – eine Flut von Informationen . . . Wir kommen runter zu Ihnen, danke.«

Er legte den Hörer auf.

Ein triumphierender Blick zu Manzini – der ihn erwiderte.

»Wir sollten uns das ansehen!«

Manzini nickte zustimmend, gab seinen Assistenten ein Zeichen. Die überprüften nochmals alle Leitungen, Durchfluß und Druck, die Elektroden und Sonden.

Dann verließen sie die sterile Kammer des Pavillons durch die Schleuse, durch die auch Palm und Jeroen gerade verschwunden waren.

Das Gehirn von van Reijn blieb allein zurück.

Die fünf Männer überquerten heftig diskutierend, eilig und mit wehenden, weißen Mänteln den Hof des Palais.

Sie hatten keinen Blick für Sibilla, die zwischen den dürren Sträuchern neben dem Pavillon stand und sie beobachtete. Sie sah die Männer das Portal erreichen – trotz der Eile war es für lange Sekunden höchst unklar, wer wem den Vortritt ließ. Aber schließlich verschwanden sie im Haus, das Tor fiel wieder ins Schloß.

Das war das Zeichen für Sibilla, ihren Plan auszuführen.

26

Die Informationsflut, die der Rechner ausspuckte, war gewaltig.

Zeile um Zeile warf der Schnelldrucker Zahlenkolonnen und Symbole aus. Das endlose Papierband faltete sich auf, Blatt für Blatt.

Palm, Jeroen und Manzini mit seinen Assistenten, alle starrten sie gebannt auf diese Unmengen an Informationen, die van Reijns Gehirn in wahnwitziger Hektik von sich gab.

»Unbegreiflich.«

Palm nahm den bedruckten Streifen zur Hand.

»Als sei eine Kommunikation – lange Zeit unterbrochen gewesen und das aufgestaute Mitteilungsbedürfnis bräche sich jetzt gewaltsam Bahn.«

Büdel hatte sein Terminal verlassen und war zu ihnen getreten. »Vielleicht beschimpft er uns?«

Aber die anderen hatten im Augenblick keinen Sinn für Büdels trockenen Humor.

Manzini versuchte aus den breiten Zahlenkolonnen einen Sinn herauszulesen, zumindest Kurven, wie er sie vom Polygraphen kannte, mit dem er sonst Gehirnströme aufzeichnete.

»Was meinen Sie? Ist der Code bereits irgendwie zu entschlüsseln?«

Büdel winkte ab: »Vorläufig nicht. Wir müssen ihn gezielt ansprechen und dann die Reaktion abwarten. Wir haben ihm die Chance gegeben, in einer absolut neuen Sprache mit uns zu sprechen – aber wir verstehen sie noch nicht. Wir müssen sie selbst erst lernen, durch ein Frage-und-Antwort-Spiel.«

»Sensationell!« Manzini war tief beeindruckt.

Büdel führte seinen Plan weiter aus: »Ich könnte mir denken, wir beginnen mit Echo-Effekten. Wir spielen ihm seine eigenen Gedanken, die wir speichern, wieder zurück. Wir stellen gewissermaßen ein Feedback her. Mit gutem Willen auf beiden Seiten, mit seinem immensen Ehrgeiz und seiner Eitelkeit und unseren technischen Möglichkeiten werden wir über kurz oder lang schon einen Weg finden, auf dem Kontakt und Kommunikation möglich sind.«

»Ja«, sagte Palm, »und dann wird die Stunde kommen, wo er uns sein Geheimnis verraten wird. Er kann es nicht für sich behalten. Er wird an nichts anderes denken – und alles, was er sich denkt, alles, was ihm einfällt, haben wir hier schwarz auf weiß. Wir müssen es nur entschlüsseln.«

Manzini hatte seinen Assistenten einen Wink gegeben. »Meine Herren, wir müssen zurück zur Klinik. Wir haben hier schon länger als geplant . . .«

Er war zur Türe vorausgegangen, hatte unterwegs seinen Labormantel ausgezogen, kam jedoch nochmals zurück, um Palm die Hand zu schütteln:

»Ein bemerkenswerter Tag. Nicht nur für Sie und für mich – auch für ihn dort im Pavillon. Und für die Wissenschaft im allgemeinen. Verzeihen Sie mir das Pathos.«

Jeroen und Büdel sahen sich skeptisch an und lächelten.

Palm und Manzini hatten den Kellerraum gerade verlassen, die Assistenten und Jeroen waren ihnen gefolgt, als Büdel, zurückgekehrt an sein Terminal, eine Unregelmäßigkeit entdeckte. Die Intensität der flackernden Lichterkette, Signal für den Input der digitalen Impulse, war stark reduziert. Einige Reihen waren so gut wie erloschen.

Er schaltete auf Monitor. Die Kolonnen liefen über den Schirm wie zuvor, nur waren sie dünner geworden, schmaler.

Zahlreiche Leerfelder beherrschten das Bild, ganze Zahlenreihen der vertikalen Aufzeichnung waren gelöscht. Einige Symbole waren völlig verschwunden.

Büdel überprüfte die Schaltungen, den Drucker, Display und Kontroll-Konsole. Es war kein Fehler zu finden. Er rief nach Palm, rannte schließlich selbst durch die Gänge des Kellers bis vor zum Treppenhaus, rief abermals. Ohne Erfolg. Die Kollegen standen wohl alle vor dem Haus, damit beschäftigt, die Delegation des Kuratoriums zu verabschieden.

Büdel mußte zurück zum Rechner. Wenn der Teufel in der

Maschine steckte, hatte der Maschinist zur Stelle zu sein. Er kontrollierte weiter. Der Rechner arbeitete offensichtlich fehlerfrei. Andererseits flossen die Daten immer spärlicher.

Büdel versuchte über das Telefon Kontakt zu bekommen – egal mit wem. Aber keiner der Apparate war besetzt. Also verließ er endgültig seinen Platz am Rechner und rannte nach oben.

Als er die Halle erreichte, kamen ihm alle vom Eingang her entgegen, in bester Laune, zufrieden und erfolgreich. Manzini hatte zum Abschied gelächelt und von großzügigster Unterstützung gesprochen – sofern dieses Experiment von Erfolg . . . und so weiter. Aber welcher Erfolg war noch zu erhoffen? »Aus! Es muß etwas passiert sein!« Büdel war ganz außer Atem und konnte sich kaum verständlich machen.

»Es kommt nichts mehr durch. Die Leitung ist tot!«

Im Computer-Keller konnten sich alle davon überzeugen: Nur Kennlinie und Zeitcode wurden noch ausgedruckt. Weißes Papier stapelte sich auf dem Boden.

»Hier unten liegt der Fehler nicht. Ich habe alles überprüft.«

Büdel sorgte sich um seinen Ruf.

»Vom Pavillon kommt nichts mehr an!«

»Ja«, gab Jeroen zu. »Es scheint so. Van Reijn schweigt!« Da hatte Palm plötzlich eine Ahnung:

»Wo ist Sibilla?«

Jeroen und Büdel sahen sich an.

»War sie hier unten? Ist sie mit uns heruntergekommen? Nein?«

Da wußte Palm, daß es um Sekunden ging, und stürzte wortlos aus dem Raum.

27

Sibilla kam über den Hof, als wäre nichts geschehen. Die Türe des Pavillons stand offen, die Plastikvorhänge der Schleuse wehten heraus.

Palm und Jeroen rannten aus dem Portal des Palais, an Sibilla vorbei – doch Palm drehte sich um, packte sie am Arm: »Mitkommen!«

»Lassen Sie mich los!«

Sibilla versuchte sich loszureißen.

Aber Palm hielt sie mit festem Griff.

»Was haben Sie getan?«

»Lassen Sie mich los«, wiederholte sie.

Da ließ er los.

Sie griff nach ihrem schmerzenden Arm und starrte Palm feindselig an.

»Er hat das Recht auf einen gnädigen Tod!«

»Auf einen gnädigen Tod?« fragte Palm. »Nein!«

Wieder packte er sie am Arm, zwang sie mitzukommen. Jeroen hatte Licht gemacht und am Boden nach den Kontakten gesucht.

Die Leuchtpunkte auf dem Oszillographen waren erloschen, die Manometer der Herz-Lungen-Maschine standen auf null. Die Pumpen rotierten nicht mehr.

Als Palm und Sibilla durch die Schleuse traten, fingen sie gerade wieder an, sich zu drehen.

»Die Kontakte waren abgezogen – von den Batterien.«

Jeroen hatte sie wieder aufgesteckt.

»Da gehen wir auf Nummer Sicher, arbeiten mit Batterien, um netzunabhängig zu sein . . .«

Die Anzeigegeräte begannen zu zittern, die H-L-Maschine summte, der Druck stieg an.

Frisches, sauerstoffreiches Plasma wurde wieder durch die Gefäße des Gehirns gepreßt.

Palm sah auf seine Uhr: »Wie lange stand der Kreislauf still?«

»Keine Ahnung.« Jeroen hatte sich aufgerichtet, um die Werte zu kontrollieren. »Büdel müßte es wissen. Der Zeitcode am Ausdruck des Rechners, als die Information wegblieb . . .«

»Viereinhalb Minuten genau.« Sibilla lehnte sich erschöpft gegen die Türe.

Gespannt beobachtete Palm den Oszillographen.

Der Leuchtpunkt war wieder erschienen, aber er stand still.

Jeroen setzte sich auf den Hocker neben dem Glasgefäß und betrachtete das Gehirn.

»Wir haben keine sterilen Mäntel an.«

Palm winkte ab.

»Das spielt nun auch keine Rolle mehr. Viereinhalb Minuten!«

Da begann der Leuchtpunkt langsam von links nach rechts zu wandern, beschrieb eine gerade, flache Linie.

Jeroen stand auf, trat an das EEG, starrte auf die Linie, als könnte er sie hypnotisch beeinflussen.

»Sollen wir mehr Sauerstoff zuführen?« schlug Palm vor.

»Sinnlos – wenn es zu spät war.«

Die Linie des Leuchtpunktes begann zu zittern: Ein schwacher Ausschlag und nur nach einer Richtung. Auch Palm trat jetzt näher, versuchte das Gerät exakter zu justieren. Ohne Erfolg.

Aber wieder lief ein Zittern über das Oszilloskop.

Ein zweites. Eine gezackte Wellenlinie entstand, wurde breiter, die Frequenz der Berge und Täler nahm zu – und nur wenige Minuten, nachdem das Gehirn über das Plasma von neuem mit Sauerstoff versorgt wurde, war die Gehirnstromkurve wieder normal.

Palm schaltete hin und her: Alle Kurven hatten Modulation.

Das Telefon läutete. Palm ging in den Vorraum, nahm den Hörer ab. Er sprach wohl mit Büdel.

Jeroen und Sibilla sahen sich lange an.

»Er hat Glück gehabt«, sagte Jeroen schließlich nach einer langen Pause.

»Glück?« fragte Sibilla.

»Ein oder zwei Minuten länger . . .« Jeroen machte eine endgültige Handbewegung, während er auf das Gehirn blickte. »Ja«, flüsterte Sibilla, »das Recht auf den Tod . . .!«

Jeroen widersprach nicht sofort: »Sicher, das Recht auf den Tod, ja! Aber auch – und zuerst – das Recht auf Leben! Du hast doch das Vermächtnis angenommen des Herrn van Reijn. Nicht nur materiell, hoffe ich. Vielleicht hat er der Welt noch einiges zu sagen. Zumindest hat er das Recht zu existieren.«

»Existieren?« Sibilla schaute auf das Glasgefäß.

Aber Jeroen ließ den Einwand nicht gelten.

»Ja. Bewußt zu existieren! Als reines Bewußtsein, losgelöst von aller Erdenschwere, von allen Beschwernissen und Bedürfnissen des Leibes. Körperlos, ungehemmt, frei . . .«

»Frei?«

Sibilla sah die Schläuche, die rotes Plasma durch das Gehirn pumpten und wieder absaugten, sah die Sonden und Elektroden, den zugeschraubten Deckel des Gefäßes . . .

»Frei?« wiederholte sie.

»Ja,« antwortete Jeroen. »Nur dem Spiel der eigenen Gedanken überlassen.«

»Ein Alptraum.«

Sibilla schauderte.

»Du siehst es falsch. Wenn er gelernt hat, sich mit uns zu verständigen, wenn wir gelernt haben, ihn zu begreifen, wird er uns mitteilen, wann er zu sterben wünscht. Es wird keiner zur Unsterblichkeit gezwungen.«

Palm hatte den Hörer aufgelegt und war zurück ins Labor gekommen.

»Der Rechner druckt wieder Daten aus.«

Er trat an das Glasgefäß, betrachtete das Gehirn.

Dann wandte er sich ab: »Wir sollten ihn allein lassen.«

Palm schloß den Pavillon ab, drehte den Sicherheitsschlüssel zweimal um und reichte ihn Jeroen.

Der gab ihn, nach kurzem Zögern, weiter an Sibilla. Die nahm ihn, nickte, steckte ihn ein.

Palm hatte es bemerkt, es war ja eine offene Verpflichtung, die Sibilla eingegangen war, ein Einverständnis.

Einige Schritte gingen sie stumm nebeneinander her. Es war Abend geworden.

Ein warmer Wind, der nach Frühjahr zu riechen schien, wehte aus dem Park und wirbelte Blätter über den Weg. Palm brach schließlich das Schweigen: »Büdel ist bereit zurückzuspielen. Er kann van Reijns Neuronen Impulse zuführen. Er sagte eben am Telefon, der Dialog, das Gespräch mit van Reijn, könnte beginnen.«

Sibilla warf Jeroen einen langen Blick zu, aber der ging nicht weiter darauf ein.

Du bist Wissenschaftlerin, sagte sie sich und hielt den Schlüssel vom Pavillon fest umklammert in der Tasche ihres weißen Mantels.

Vergiß diese Gefühlsduseleien. Du willst es wissen – du willst es wissen ...

»Ach ja, Herr de Groot«, fuhr Palm nach einer Pause fort, »die Bänder, die Videobänder, Sie erinnern sich, das Konzert von van Reijn, haben Sie die noch?«

Jeroen bejahte. »Ich habe eine Kopie der Aufzeichnung des französischen Fernsehens oben bei mir.«

»Gut.«

Palm öffnete die schwere Eingangstüre, ließ Sibilla den Vortritt:

»Man sollte van Reijn das Band zuspielen. Als ersten Versuch, sozusagen. Die Erinnerung an einen Triumph. Vielleicht bringt ihn das auf besondere Gedanken.«

28

Es war kurz nach Mitternacht.

»Geisterstunde«, murmelte Büdel, als er Jeroen das Zeichen gab, das Band der Videoanlage abzufahren.

Die Mitarbeiter des *Blauen Palais* hatten sich vollzählig in der dunklen Halle versammelt und starrten gebannt auf den Monitor.

Wellenfömige Strukturen huschten darüber hin, stabilisierten sich schließlich zu einem Bild: Ein Saal in Versailles. Auf dem Podium, vor einem illustren Publikum, stand ein Mann und verbeugte sich unter tosendem Applaus – dann nahm er Platz vor einem Flügel und griff voll in die Tasten: Felix van Reijn.

Das Konzert begann – sein Konzert – sein Triumph!

Die Millionen Impulse dieser Aufzeichnung, helle und dunkle Punkte des Bildes und das Signal der Musik, liefen, umgewandelt in ein Code-System, über den Rechner, dann weiter über den Hof und landeten schließlich über Elektroden und Sonden in dem isolierten Gehirn. Was dort als Reaktion auf die Impulse entstand, kam als Potential zurück, zuckte als siebenfache Kurve über den Schirm eines Oszillographen.

Der Raum war erfüllt von Musik.

Hände jagten über die Tasten, überkreuzten sich – ein Spiel voller Kraft und Leichtigkeit –, hämmerten eine rasende Folge sich steigernder Akkorde, versanken in einem unendlich langen, unwirklichen Tremolo.

Van Reijn hatte die Augen geschlossen, konzentrierte Abwesenheit, aufgelöst in diese harmonische Disharmonie.

Sibilla war nähergetreten, ganz nah, bis das Bild, dieses Gesicht, in Punkte und Zeilen zerfiel.

Und es schien ihr plötzlich, als schwebten die sieben zitternden Kurven des Oszillographen, gleichsam als Antwort, auf und nieder im Takt der Musik.